Baum wächst
Sorglosigkeit bringt dich erst zur Sorge

AF194144

Bibliografische Information der Deutschen
Nationalbibliothek:
Die Deutsche Nationalbibliothek verzeichnet diese
Publikation in der Deutschen Nationalbibliografie;
detaillierte bibliografische Daten sind im Internet über
http://dnb.dnb.de abrufbar.

Geschrieben 2016-2017-?2018?
Erschienen 2021, Kassel

Herstellung und Verlag: BoD – Books on Demand,
Norderstedt

ISBN 9783753453361

spirit acti

Das Werden am Stegsende
Schreibfluss zum Unbegreiflichen
mit Proömium

(Das Manifest hat ein Problem. Ist es für die, die
es leben, unnütz und nicht von Bedeutung, be-
rufen sich die Anderen auf den Titel.)

Unter spirit acti versteht man [Man] eine Haltung oder ein Verhalten, welches sich aus einer spirituellen [Spiritualität] Öffnung und Einsicht, mit den Kernwerten der Einheit [Einheit], Harmonie [Harmonie] und Liebe [Liebe] entwickelt, aus dem, aufgrund einer stets angestrebten und auch in der Gesellschaft gewünschten Nähe zur Wirklichkeit [Wirklichkeit] des normativen [Norm] Denkens [Gedanken], durch Erfahrung grundlegender Ablehnung, Aktivismus gegen das bestehende System der Welt entsteht, solange dieses Leid mit einschließt.
?????

Proömium

Ich bin ein Erzähler, wie sie es alle waren, die damals ihre Wege von Griechenland nach Westen und von Indien nach Osten antraten. Nur bin ich im Unklaren darüber, ob ich mich westlich oder im Osten von Hellas befinde. Auch im Norden weht der Wind. Deshalb schreibe ich. So ist es einmal mehr unwichtig, ob mich jemand hört, wenn ich gegen den Wind spreche. Es gibt einen zweiten Grund dafür, warum ich schreibe, sowie es einen dafür gibt, was ich schreibe. Ich kann nur hoffen, dass diese Beiden sich überschneiden oder sogar ineinander aufgehen. Ich wähle die Schrift, das Zusammenspiel von Buchstaben und die damit einhergehende Eindringung von Lauten, weil ich das Gefühl habe, so die Distanz zu wahren, um nicht in Allem an sich zu irren und doch die zu berühren, die sich selbst als innerhalb von Allem betrachten. So will ich fortfahren. Der Gipfel des Aufstellens einer These liegt in der Rechtfertigung vor dem Selbst. So findet das folgende Buch und Geschriebene Bezug zu angenommener Wahrheit durch den Namen, der auf die Erzeugung durch ein Element eben dieser Wirklichkeit und Wahrheit hinweist. Eben diese dargestellte Verbindung führt mich auf den Weg meiner Ausführungen. Es sollte angeführt werden, dass dieses Buch nicht den Anspruch besitzt, ein vollendetes Werk zu sein oder zu werden. Würde ich diesen an dieses hegen, würde ich als Autor dem Inhalt nicht würdig sein, den dieses Buch zu haben versucht.

Mit der Ungewissheit über die Gewissheit jeglicher Tatsachen beginnt dieser Text wie so viele andere vor ihm. Er wird geschrieben, um von Anderen gelesen zu werden, die sich zur Zeit des Lesens in dem Leben befinden, in dem sich der Autor zur Zeit des Verfassens befunden hat. Es wird davon ausgegangen, dass der Mensch im Raum lebt und sein Leben die Zeit ist, die er in diesem verbringt. Dabei ist keine Verneinung außerräumlicher und außerzeitlicher Erwägung des Seins und Nicht-Seins einhergehend. In jedem dieser beschriebenen Leben kommt der Zeitpunkt, an dem die bereits erlebte Vergangenheit beim Erinnern an diese von einem neuen Gefühl umhüllt beziehungsweise aus einem neuen Blickwinkel betrachtet wird. Wann ein solcher Zeitpunkt kommt ist nicht beschreibbar. Diese Feststellungen bilden das Standbein, welches immer wieder einzuknicken scheint. Es bricht, es schleift, es wächst zusammen. Es läuft hoch oben auf dem Steg.

Da spricht ein dahergelaufener Irrer:
„ So werde ich euch in der Dialektik und auch der viel geschätzten Rhetorik unterlegen sein, dessen zugrundeliegend ich euch geistig überlegen, der Seele ein Stück näher bin. Diese Formulierung ist dafür kein guter Hinweis.“

Sein Reden erhält Echo und er befürchtet, im Sumpfe seinesgleichen zu stecken. So wird im

Folgenden erwidert:

„Es geht mir auch um Alles, doch zunächst um vieles gleichzeitig nicht. Das Gute suche ich im Sinne eines Gefühls, welches mir den Zweifel austreibt und meine einzige Bestimmung darin, wo mir der Unterton des Bestimmens fern bleibt, denn das Geländer am Abgrund der Existenz ist bereits für uns gebaut, nur müssen wir lernen uns anzulehnen."

„Ich möchte hinzustoßen, nur fällt es mir schwer zu beginnen, Anfangen und Enden ist mir schwer möglich. So ist die Begrenzung durch die mögliche Definition in Worten dies selbst genug. Chemische Formeln und atomare Strömungen sind Definitionen. Mir erscheinen jegliche und solche Definitionen zu schwammig gar zu klein. Was rede ich von klein und groß. Das Problem liegt darin, dass das zu Definierende Alles definiert. Was rede ich von Allem und Nichts. Das zu Definierende definiert. Aber können doch alle probieren, es zu erzeugen oder es sichtbar ja fühlbar zu machen. Sichtbar grenzt an der offensichtlichen Unmöglichkeit, da es sich unserer offensichtlichen Sicht entzieht, denn wir sehen vielmehr durch es. Es macht die Rosen rosig und die Kamele kamelig. Es macht sichtbar und formt das Sichtbare. Wenn wir es zu realisieren verstünden, würden wir zu großer Klarheit und Ruhe gelangen. Wir würden mehr schätzen und genießen. Dennoch obliegt uns die Gunst, uns zu fühlen, als würden wir in einer realisierten Form leben."

Die momentan realisierte Form ist der Sumpf, über den sich hinwegschwebend und balancierend bewegt wird. Das Loch wird immer tiefer, doch der Spiegel bleibt gleich. Die, welche versinken, haben Zeit sich zu unterhalten.

„Eine besondere Stellung tust du hervor für etwas, was du nicht hervorheben kannst. Aber auch uns bringst du durch die Fähigkeit, die Gunst haben zu können, in besondere Stellung, wofür ich etwas vorgeben möchte. Ich möchte dafür vorgeben, dass Stühle, Lampen und Häuser nicht in den Momenten anfangen zu tanzen, in denen unsere Wirklichkeit der Traum zu sein scheint. Verneinen vermag ich dies jedoch nicht. Selbst wenn wir uns dem annehmen würden, würde dies bloß dazu beitragen, dass wir uns neben den Tieren, Pflanzen und natürlichen Mineralien auch mit den Dingen freuen können, mit der Gunst befähigt zu sein. Lassen wir das also offen. Auch was ein Ding seien mag. Wenn ich mich darauf festlegen würde, zu glauben was ich sehe, beziehungsweise, dass wir Menschen oder Wesen unsere Umwelt alle auf dieselbe Art entziffern, dann könnte ich sagen, wenn ich unsere Sprache als Grundlage ebenfalls voraussetzte, dann könnte ich sagen, dass ich für Vieles Worte in meinem Kopf habe, für die die Verwendung der Buchstaben, im Hinblick auf die jeweilige Seins-Begrenztheit, angemessen ist. Es wäre so von enormen Vorteil für unsere Verständlichkeit und durchaus möglich, einen Begriff einzuführen."

Polternd kracht ein gedämpfter Schlag von unten an die Oberfläche:
„Bislang hast du geredet als könne es mir gefallen, dich zu zitieren, doch nun gerät deine Rhetorik, die von ihrem eigenen Wesen zu wissen scheint, in den Zustand dünnen Sandes, der mir durch die Finger rinnt, dessen ich wohl gesonnen und sehr froh gegenüber stehe. So scheinst du ein Baumeister zu sein, der einen Grundstein legen möchte, auf dessen all unsere Füße wandern sollen. Du vermagst unsere Verständlichkeit mit einer Begriffsdefinition in einen Zusammenhang zu bringen, dessen eine Seins-Begrenztheit vorausgehen soll. So sehr es mir erlaubt ist, dich in die Position des blinden Vermögens zu drängen, möchte ich meinem Glauben oder meinem Gefühl Offenheit schenken und anführen, dass sich der von dir geäußerte Zusammenhang dem Zweifel ergeben muss. Wir sprachen zu Beginn von der Unmöglichkeit von Definition und Anfang wie Ende. Dein Wunsch nach einem Begriff war, so glaube oder fühle ich wieder, auf die Sprache gerichtet. Ich muss mich somit des Zwanges unterlegen fragen, wo du darin den Vorteil für unsere Verständlichkeit siehst, wenn wir meinen, über etwas zu reden, das sich in seinem Wesen jeglicher Begriffe scheut? Schon in meiner Frage

hat die Verfehlung mich zweimal getroffen. Ich kann mich also darauf einlassen, so wie wir alle uns dazu zwingen sollten, zu umschreiben und so sehr es nicht zu wünschen ist, auch mit Worten zu beschreiben. Diesen Mitteln sind wir qualvoll unterlegen durch unsere eigene Position auf der Ebene dieser Beschränktheit. Uns soll verziehen werden. So groß der Vorteil für unsere Hand-habung des Gesprächs dadurch wird, so groß wird auch die Einschränkung und Verfehlung dessen eigenen Themas. Doch weiter gefehlt wäre die Einführung eines Begriffes, der als Stellvertreter dienen soll, zumindest, so bin ich sicher, dies über einen Begriff innerhalb der Sprache mein-en zu können. Nun weiß ich nicht mehr wen ich unterbrochen habe, so schleierhaft tritt mir eure Erscheinung entgegen. Um an anderer Stelle dafür Klarheit zu erlangen möge nun jemand fortfahren."

„Ist es nicht ganz wie mit dem Lesen? Wir lesen um unser Schweigen zu brechen, doch begeben wir uns gerade in dieses, sobald wir lesen. Lese ich nun um zu schweigen, oder um lauter dieses zu brechen?"

Ein neues Gesicht begibt sich nun in die Rolle mit der Aufgabe, Antwort zu geben.

„Sehr schön hast du dieses Bild nun gemalt, dessen wir uns erfreuen schnellen Verständnisses. Doch dünkt mich nun auch einmal die Einfachheit, derer ich mich sonst so erfreue, der du dich auch, im Zuge deiner Frage, nicht hingeben möchtest.

Der Auslöser und die Art des folgenden Weges bilden keinen Kreis, denn es liegt Unterschied im Schweigen, den ich an dieser Stelle am liebsten zu erläutern meiden würde. Das Dilemma wird nun einmal mehr hervorgebracht, dessen Problem in der Übersetzung liegt. In jeder Morgensonne probiere ich im leisen Dunkeln ein eindrucksvolles Schloss zu bauen, aus dem Sand, der des anderen bloß Ablenkung von Verwirrung ist. Es wird oft gesprochen, wir mögen uns alles kaputt denken. Mir scheint der Beginn gerade doch kaputt, wenn ich bei ihm beginne zu denken. Was wir also vermeintlich zerdenken ist schon im Zustand der angeblichen Folgerung daraus. Das andere Ende, zu dem wir uns mit diesem Denken hinbegeben, welches ich in Nichts, und damit auch schon zu viel, pressen kann, spreche ich auch frei von Gedanken, sowie manch andere den Beginn, der bloß nicht zerdacht werden darf. In diesen zwei Enden liegt der Unterschied im Schweigen."

„Den Weg des Lesens, wie ihr ihn gerade einmal schön skizziert habt, habe ich in bitterer Erinnerung bis heute nur Wenige antreten vermerkt. So ist die Beschränktheit in der Wahrnehmung ein zu leicht umgängliches Ding, welches erst den

Anschein der Beschränktheit von der Wahrnehmung gewinnen muss, welche nur schwer zu bän-
digen ist. Der Übergang zu diesem Pfad des eben
genannten Lesens bleibt ein Rätsel, da ich meine,
dessen Kern nicht von einer Seite aus berühren
zu können. In seine Richtung gehend möchte ich
die Möglichkeit der Vielfalt ansprechen, von der
zumindest die normative Wahrnehmung scheint
zu sprechen. Wenn wir uns nun in der normativen
Wahrnehmung aufhalten, setzte ich die Kenntnis
von Möglichkeit zu Möglichkeiten als bekannt.
Ein schneller Schluss, von dem ich mich in meiner Folgerede auch nicht befreien mag. Es ist ein
trauriger Anblick, den uns die Einzeldinge in ihrer
Eindeutigkeit bieten. Die Möglichkeiten scheinen
erschöpft. Wieso aber gerade bei euch? Wieso
bleibt ihr für so lange Zeit gleich? Ihr scheint eure
eigene kleine Einheit zu haben, fern ab von mir.
Ich bin offen für euch, jeden Tag ganz nebenbei.
Ihr bleibt zu. Die Dinge bleiben zu."

„Ich meine so gewandert zu sein, doch schwim-
men wir nun alle hier unten und versuchen uns
in Mutmaßung. Wir sind sehr tief im Sumpfe
steckend. Wir können uns üben im Austausch der
Sprache, doch fehlt uns jeder Zeiger, der auf alles
zielt und selbst ein Teil zu sein vermag, der hier
und dort mit einem Wort erscheinen lassen kann
als einen Ort."

„Ihr Irren blickt nun einmal hinauf, erblickt ihr

den Jungen dort oben? Welch ein Bild gibt er ab,
mit baumelnden Beinen und getreckten, auf-
gestützten Armen. Er scheint schlafen zu wollen,
doch ist ihm der Steg in schwindelerregender
Höhe."

„Seht ihr den Jungen dort oben am Steg?
Tränen scheinen zu befruchten seinen Weg.
Es wächst ein Baum zum Stegsende empor,
der Drang bildet in Bedacht sein Tor.
Ein Weg der abhebt vom scheinbaren Rest,
ihn für die anderen doch tief fallen lässt.
Der Spiegel ist bald berührt,
zum Irren zeitlebens gekührt.
Nach unten wird er geschickt, um sich krank zu
verhalten,
nicht gesehen wird die Fremde, die ihm dort
scheint zu walten."

Extro

„Schlaf jetzt! Gedanken. Immer wieder Gedanken. Gedanken um Gedanken schreiben Seiten in meinem Kopf. Warum schreibe ich sie? Finde ich dort eine Wichtigkeit, eine Bedeutung, einen Nutzen? Warum schreibe ich nur diese Gedanken auf? Warum schreibe ich bloß diese Gedanken auf? Was sind sie, die ich meine aufzuschreiben? Ich kann nur fragen. Wer gibt sie mir? Wodurch habe ich sie, was ist es was sie möglich macht? Ich schreibe das auf weil ich es aufschreibe. Bin ich banal oder genial? Wieso funktioniert diese Übersetzung? In Gedanken wird alles zu Schrift. Ich kann es sehen. Ich kann es gar riechen. Was ist in meinem Kopf? Wo ist er und wo steht er mir? Wieso kann ich bloß nicht schlafen? Ich konnte es so oft, so gut. Es sprudelt. Immer mehr. Es sprudelt. Ich brauche keine Quellen. Es sprudelt. Ich rede von Quellen. Ich bin die Quelle. Was durch mich läuft ist die Quelle. Es läuft durch mich und ich laufe aus. Ich laufe aus und weiß kein Loch zum zu halten. Bin ich es etwa, durch den es laufen soll? Ich schäme mich so. Bin ich dazu auserwählt? Bin ich auserwählt? Habe ich eine Kraft? Habe ich eine Besonderheit? Ich will keine Heiten. Denke ich? Bin ich es? Denke ich oder du? Denkst du, du Behinderter? Wie unterscheide ich das? Sind wir alle was ich selbst meine zu sein? Meine ich etwas zu sein was ich meinen kann? Ist es gut etwas zu sein was ich meinen kann? Ist es gut zu sein, von ich dem ich meinen würde es zu sein? Ich kann mir das *nicht erklären! Ich kann mir diese Fragen nicht beantworten! Ich weiß nicht was hier passiert und ob es Nutzen und Sinn hat? Das wussten doch so viele nicht und ließen es als Antwort gelten. Warum soll ich jetzt der Nächste sein? Der Nächste es zu tun! Der Nächste es gelten zu lassen! Bin ich dann also da, wenn ich es nicht weiß? Ich weiß es nicht. Höchste Vorstellung und Erreichen sind mir eine Last. Gelerntes ist doch kein Wissen! Gelerntes durch mich? Wissen erfahre ich durch mich. Ich bin da als etwas, das neues bringt. Nicht neu aber du. Das ist dein Nutzen. Du machst alles anders als du dort. Wohin komme ich jetzt? Ich komme zu den Künsten. Oh wie es mich beglückt. Ich verunglücke offensichtlich. Bin ich religiös? Trage ich diesen starken Glauben in mir, der mich hinfort bringt zu dir, ich sehne mich nach dir, auf die weiten Felder? Wir gründen unsere Sekte des Nichts. Gibt es dann noch eine Unterscheidung zu treffen zwischen Kunst und Religion? Ich fühle mich so leicht, doch kratze ich am Boden. Es tut weh. Wir haben doch beides erschaffen? Wer sind uns? Kunst bringt unsere Seele nach außen. Religion schützt sie im Inneren. Müssen wir zu Kunst Kunst sagen? Muss ich diese Themen behandeln? Glaubst du an Sport? Kannst du es? Macht das etwas aus? Warum bin ich am fragen? Warum bin ich immer noch am fragen? Will ich nur die Aufmerksamkeit? Will ich helfen? Kann ich das? Wodurch? Kann ich mich gerade nicht ausdrücken? -*

- Weißt du es jetzt? Warum mache ich Pausen? Warum schreibe ich das alles und nenne es so und erwarte, dass es verständlich wird? Warum presse ich mich in all diese Zeichen? In meinen Gedanken sind sie wie ein Muster. Ich kann nicht hindurchfallen. Müssen andere mich verstehen? Nein! Sollten andere mich verstehen? Ich weiß es nicht. Warum schreibe ich alles schon wieder? So soll es sein. Vorbestimmt bis zum Tode. Jedes einzelne Wort? Wer gibt den Anstoß für all das? Ich frage mich dies und frage mich dabei warum ich das frage. Eine endlose Mühe. Ich muss den Punkt setzten. Ich bin stolz auf uns. Wir haben ein Grundlevel hergestellt. Ein Grundlevel, an dem wir abmessen, was Wissen und was Fähigkeiten sind. Eine Leistung, die das Leben zum Leben macht und nicht alle sich selbst im Nichts verlieren lässt. So frage ich, ist spirituelle Offenheit eine Schwäche, da sich der Mensch einbildet etwas Größeres als sich selbst zu verstehen oder gar erst einbildet sich selbst zu verstehen? Verwende ich das richtige Prädikat? Ich will das Grundlevel nicht aus den Augen verlieren. Ich darf nicht soweit gehen, dass ich es nicht mehr erreichen kann. Hör auf zu denken! Augen zu und es geht los in mir! Es ist mir unmöglich. Ich kann nicht aufhören! Ich kann es nicht aufhalten! Die Stille dieser Nacht gibt die perfekte Möglichkeit für den Einfluss von etwas in mich. In meinen Kopf?

Weiß ich jetzt was Gedanken sind? Willkommen in meinem Bett! Woher weißt du was das ist? Woher weiß ich das? Ich kann es nicht stoppen. Unmöglich! Ich brauche die Bahn um auszuholen. Ich muss rutschen. Ich rutsche weit weg. Weg!

Ich bekomme es hin. Endlich bekomme ich hin etwas anzufangen. Ich stand solange am Beginn ohne den Anfang zu sehen. Ich fange an. Endlich bekomme ich es hin. Obwohl mich so viele Dinge ablenken. Sollte ich nicht lieber meinen Verstand mit Bildern in verwirrender Schnelligkeit beschäftigen? Wir haben schließlich die beste Zeit dazu. Ich kann viel verpassen. Vielleicht verpasst du gerade etwas. Es gibt so viele Dinge, die mich so oft von dem abhalten, was ich für zu machen nötig halte. Gefällte Entscheidungen liegen so schwer in mir. Ich kann mich ihnen nie widmen. Wer braucht so etwas?

In Wahrheit ist der Mensch nicht abgelenkt. Nicht der Mensch. Alles. Nichts kann abgelenkt sein. Den Sachen, die wir in dem einen Moment wirklich tun, diesen Sachen widmen wir unsere volle Aufmerksamkeit.

Ich gucke während eines Gesprächs mit den Liebsten in den Himmel und denke über die Formen der Wolken nach. Ich bin nicht abgelenkt. Ich konzentriere mich voll und ganz. Wolken.

Alles, was wahrgenommen, aufgenommen, in irgendeiner Hinsicht bis ins Innere vordringt hat auch einen Grund dies zu tun und verdient unsere

24

volle Aufmerksamkeit. Früher oder später. Abhängig davon, was ich mich nicht traue zu erfassen. Ich will es einmal beiseitelegen und mich nähern, wenn der Punkt gekommen ist. Zeitpunkt. Aus Geschehnissen, die nur durch uns entstanden sind, können wir Weisheit ziehen und über uns und den großen durchsichtigen Ozean lernen. Wir gucken nicht einfach in den Himmel, weil wir in den Himmel gucken. Wir gucken in den Himmel, weil wir in den Himmel gucken. Es muss einen Sinn geben. Zu einfach können wir es uns nicht machen. Gerade die Suche nach einem höheren Sinn könnte zu einfach sein, weil man schlichtweg mir der uns gegebenen Welt nicht zurechtkommt.

Ich glaube nicht an die Kunstform Buch. Der Mensch baut sich seinen eigenen Käfig aus Buchstaben. Unmöglich jemals wieder zu entfliehen. Das, was wirklich auszudrücken ist, können alle Buchstaben dieser Welt nicht zum Ausdruck bringen. Schrift ist zu schwach. Ist Sprache auch zu schwach?

Durch die bunte Würfelung von Gefühlen und Wörtern entsteht ein durchaus verwendbares Etwas, welches den Ausdruck des wahren Inneren zum Vorschein zu bringen scheint. Und was ist mit all den Bildern, Gemälden und Skulpturen? Soll nicht genau diese Art, diese Form der Kunst, uns darin befördern, unsere inneren Welten darzustellen? So, dass jeder sie sehen kann. So, dass jeder sich hineinfühlen kann. So, dass dies

Kunst heißen kann.

Oder vielleicht eher Entfaltung der Kreativität um den Menschen die erste Stufe des Weges zur Kunst zu bauen. Künstler haben die eine Fähigkeit, mehr zu sehen, als die Realität uns zeigt. Aber wer bitte ist hier Künstler? Wer nicht? Und alles was wir sehen ist doch Realität. Und alles was wir denken ist auch Realität. Jeder weiß es doch für sich.

Die Fähigkeit das Mehr zu sehen hängt nicht mit dem Kunstbegriff zusammen.

Jetzt ist die Frage, ob ich mich noch selbst versteh.

Der Künstler der ein Bild malt ist kein wahrer Künstler, da er nicht den Formen des einfachen menschlichen Daseins entflieht. Wiederrum ist der, der dies tut, auch kein Künstler, da diese Fähigkeit jedem zugeordnet werden kann.

Und trotzdem interessiere ich mich für die Kunst, ohne eine Antwort auf das Ob zu haben, ob es Kunst ist. Ich kann ganz offen sein, was ich schon bin, ich wüsste nicht wie nicht. Ich, in der Gefangenschaft meiner Gedanken. Meine Offenheit will ich zeigen. Ich will sie an die große Glocke hängen. Sie schwer machen. Es kommt.

Jetzt!

Ich weiß nichts.

Ich kann das Warum nicht beantworten.

Ich kenne den Sinn nicht.

Ich weiß nicht ob es einen gibt. Denke nur, ich denke schon.

26

Vielleicht ändert sich noch etwas. Möglicherweise ändert sich dieser Zustand noch. Möglicherweise sogar im Laufe des Buches mit dem Autor Gedanken. Das Buch ist unsere gemeinsame Reise.
Ich brauche diese Reise. Ich habe sie so nötig. Niemals hätte ich gedacht, dass der Autor sich einer Seite annimmt. Er hat nicht viel gelesen über das er schreiben kann. Zwei Bücher zu Ende gelesen und jetzt ein eigenes beginnen. Ist das Buchschreiben überhaupt möglich? Dagegen ist sich nicht zu wehren. Oftmals ist die Verfassung zu schlecht um nicht zu beginnen. Man sitzt beim Abendessen. Man sitzt in einem Café in der Stadt. Man liegt im Bett. Und dann kommen sie. Sie kommen zu dir. Geniale Gedanken. Man will sie festhalten und seinen Freunden zeigen und hören wie weise man doch ist, wie genial.
Genau du bist es! Du lässt entstehen! Deine Gedanken lassen entstehen. Geht es weiser? Jetzt bin ich wieder da. Habe Erfahrungen gemacht. Glückliche. Will ich jetzt doch in die Hauptstadt ziehen? Ein paar Bilder, schöne Musik und ein bisschen Sonne reichen aus, um mich an meiner Zukunft zweifeln zu lassen. Das hier könnte auch die Zukunft sein. Nennen wir es Werk, das ist angemessener.
Durch das Schreiben halte ich meine Seele im Gleichgewicht. Den Input von außen, der zu viel ist, bekomme ich so wieder raus. Aber. Aber ganz anders. Verarbeitet. Ich sehe das, was du siehst. Ich sehe das, was ihr seht. Und trotzdem

schreibe ich diese Worte, während du sie liest. Schreibst du etwa den gleichen Text? Das, was wir wahrnehmen, sollen wir so wahrnehmen, wie wir es brauchen, um das zu machen, was wir daraus machen. Jeder sieht alles gleich? Na dann werden wir uns alle aber ganz schön in die Quere kommen.

Ich reihe Input und Input aneinander und wahrscheinlich werde ich mir erst über all das Geschriebene klar, wenn ich es lese. Ich muss lesen, um meine eigenen Worte zu verstehen. Ich weiß nicht einmal, ob es richtig ist, alles zu schreiben, was in mir vorgeht. Ich weiß auch nicht, ob ich alles schreiben kann, was in mir vorgeht. Ich habe für das alles keine Überschrift, keine Vorgaben. Viele Rahmenbedingungen, so scheint es.

Ich will über die große Kunst reden. Über den wahren Sinn vom Leben. Was machst du um ihn zu finden? Kunst des wahren Lebens. Auch nicht schlecht. Wir sind auf dem richtigen Weg. Ich fände es gut, wenn sich dir die Möglichkeit bieten würde, dich jetzt neben mich zu setzen. Ich will wissen was du denkst. Willst du wissen was ich denke? Ich denke, ich betreibe abstrakte Malerei auf Papier, ich haue in die Tasten.

Wenn zu sehr der Zweifel an allem hängt, dann zweifle ich nicht. Ich stelle Dinge nur in Frage und finde es zu einfach sie einfach zu akzeptieren. Es fällt mir schwer Dinge zu akzeptieren. Pinsel. Ist das sein Name? Ich kann nicht verstehen, wie so viele Gegebenheiten entstanden sind. Dabei kommen wir zu bisherigen Leistungen unsererseits. Wir haben ein Grundlevel entstehen lassen. Na da haben wir doch schon zwei Kapitel. Mein, sich entwickelndes, Kunstverständnis und das, von uns erzeugte, Grundlevel.

Wenn ich so denke schreibe ich ziemlich viel von mir selbst.

Mich ärgert es fast beim Schreiben, dass das Geschriebene verständlich ist. Ich meine, wenn jeder lesen kann, was ich denke, dann bin ich doch einfach. Zu einfach. Bei manchen Gedanken müsste man noch viel weiter in die Tiefe gehen. Wenn man dies nun mal nicht macht, dann sollte man es auch nicht machen. Ich will nicht zu einfach sein. Ich will auch fähig sein in die Tiefe zu gehen. Ich muss mir Zeit geben. Zeit, etwas mit Bedacht und wirklichem Aufwand und Genauigkeit schaffen. Das wär gut. Das Gefühl auf sein eigenes Werk zu blicken und zu wissen, hier habe ich oft geschwitzt. Mein Problem mit allem Aufwand ist das irdische an diesem selbst. Jetzt stoppt mein Gehirn, besser mein Kopf. Ich betreibe doch gerade Aufwand. Was? Eigentlich nicht. Ich schreibe einfach. Dies, ohne feststehendes Konzept, ohne zu wissen wo ich ankomme. Es kann auch jede Sekunde vorbei sein. Doch ist es Aufwand Dinge genau zu machen?

Ich kann mich nicht einmal mehr über Sport unterhalten oder es zumindest nicht mehr ernst nehmen. Es ist doch alles nur hier. Viel zu einfach. Wir müssen uns über das Zwischen den Dingen unterhalten. Ich laufe durch die Welt und sehe bunte Farben. Von Baum zu Auto lange bunte Ströme. Das will ich. Darauf sollten wir achten. Ich greife zu stark zu. Die einfachste und gleichzeitig ebenso effektivste Methode um auf Ideen zu kommen ist sich schlafen zu legen. Man probiert zu schlafen. Alles schaltet sich aus. Bis auf das, was dich wirklich beschäftigt. Wenn dich mehrere Dinge beschäftigen werden sie nacheinander abgespielt. Du wirst immer mehr erfahren, was dich bewegt. Und dann bietet Stille die Möglichkeit auf Empfang. Empfang von Ideen. Schade, dass ich gerade auf meinem Sessel sitze.

Ein Zettel und einen Stift an seinem Bett liegen zu haben ist einfach und besonders. Die Visualisierungen zieht es automatisch zum Nachttisch. Man empfängt und überträgt. Bis der nächste Tag sein eigenes Werk in neuem Licht betrachtet. Du bist die Bühne. Der Zettel filmt. Ein Filter für wahres Wissen. Dass wahres Wissen durch einen selbst entsteht ist eine Weisheit, die mir zugetragen wurde. Dieser Suchende hat mich gefunden oder zumindest ein Ohr der meinigen. Er liest und liest und probiert aus. All das, weil er sich nicht mit dem Dahinleben abfinden kann, oder es noch nicht erkannt hat. Sei es ein trauriges oder glückliches. Es bleibt ein Dahinleben. Und jetzt übersetzt er mir sein Buch und liest mir laut vor, in gekürzter Form. Da frage ich mich doch, welchen

Grund es dafür geben könne, dass ich auf so einen Menschen treffe und nicht der da oder die dort? Nein ich bin es. Aber das kann doch nicht einfach passieren ohne etwas bewirken zu wollen. Vielleicht sollen mich seine Gedanken zu meinen führen. Er schreibt mein Vorwort.

Jeder Mitmensch und jede Meinung hat Einfluss auf uns.

Weit gefehlt ist eine negative Betrachtungsweise dessen. Meinung ist Meinung, wie die Aufmerksamkeit Aufmerksamkeit.

Natürlich nehmen wir auf was uns gesagt wird, was uns zugetragen wird. Doch für all die Dinge, die wir mitbekommen wird es einen Grund geben. Weil genau diese Dinge uns zu dem treiben was wir letztendlich tun. Jetzt gerade zum Beispiel. Ich bekomme eine einfache Nachricht. Es ist nicht überlebenswichtig, dass ich sie lese. Zumindest nicht sofort. Außer es ist euer Liebster oder eure Liebste. Ich will sie nicht warten lassen. Sie verdienen meine Aufmerksamkeit. Und trotzdem lese ich die Nachricht. Es kann sein, dass ich die Nachricht gerade nur gelesen habe um mir genau diesen Vorgang erklärt zu haben. Ich werde doch geschoben zu dieser Erklärung. Irgendwer versteht mich also. Ich kann nicht sagen wer, aber allein fühle ich mich nicht.

Dieses Gefühl sollte jeder verspüren. Ich bin gerade von keinem Mensch oder Tier umgeben. Auch keine Pflanzen in Sicht. Und doch fühle ich mich wohl geborgen. In den Armen von dem, der oder dessen, dem, der und dessen ich auf die Spuren kommen will. Jetzt warte ich gerade. Ich warte auf Eingebung. Und auf meine Mutter. Ich warte, dass sie mich abholt und wir weg fahren, an einen Ort, an dem wir Besorgungen erledigen. Besorgnis erregend. Warten ist sinnvoll. Eigentlich ist es wie mit der Ablenkung. Immer, wenn wir warten machen wir etwas. Auch wenn das nur Rumsitzen ist. Trotzdem, wir warten nicht. Wir beschäftigen uns bis wir uns mit etwas anderem beschäftigen. Alles und immer eine Möglichkeit für neue Erfahrungen und Einflüsse. Okay jetzt sollte sie aber langsam mal kommen. Ich meine das, worauf ich sitze, wird auch nicht besser. Seht her! Ich brauche etwas, worauf ich sitzen kann. Ich verschwende meine Gedanken an ein neues Sofa. Das Sofa ist hier. Ich kann darauf sitzen. Also soll es da sein. So wie alles andere auch. So wie Sportdiskussionen. Alles ist hier und hat eine Bedeutung. Jetzt überhole ich schon meine eigenen Ansichten. Doch der Glaube an etwas Riesiges gibt allem einen Sinn. Doch ist es eventuell möglich, dass nicht jeder die Bedeutung von Dingen verarbeiten soll. Wenn ich solcher Annahme Glauben schenke, differenziere ich beziehungsweise bin ich jetzt dazu da, diese Differenzierung zu erkennen. Wenn ich sage, dass ich mich nicht gegen meine Gedanken wehren kann und ich nicht verantwortlich bin für das, was geschrieben wird, mache ich es mir dann zu einfach? Oder ist gerade dies die Fähigkeit, die

der Mensch braucht? Alle Wehrungen niederzu-
legen. Das Riesige durch sich hindurch sprechen
zu lassen. Ohne es zu behindern.
Aber dann passiert es. Es regt mich auf. Es
bringt mich zur Gewalt. Ich scheitere dabei es
in mir zu behalten. Ich muss krampfen. Ich
muss meinen Unterleib anspannen. Es ist krank.
Kranker Wahnsinn, der mich überkommt, wobei
ich bei klarer Reflexion bin. Ich stelle mir vor
wie passiert, was nicht passieren soll. Was nicht
passieren darf. Es wird nicht passieren und doch
zerreißt es mich. Ich will diesen innerlichen
Schmerz nicht mehr. Er ist auch völlig umsonst.
Aber warum ist er verdammt nochmal da? Und
warum kommt er immer wieder, wenn ich über
ihn gesiegt habe? Ich hoffe es ist gleich wieder
vorbei. Warten. Krampfen. Nachdenken. Vorstellen. Bilder. Es ist vielleicht die Masturbation, die
mir helfen kann. Ich kann mir aber nicht helfen.
Niemand kann mir helfen. In diesen Momenten
ist die Hilfe an sich verloren. Worte bringen mir
nichts. Gute Worte verstärken das Bild, welches
mir durch den Kopf spukt. Es ist Horror, also ent-
schuldige bitte falls ich ausraste, wenn du mich
ansprichst. Du kannst nicht wissen auf was du
mich ansprechen darfst. Aber warum tust du es
dann?
Jetzt wird es langsam besser. Das Krampfen
meines Körpers lässt nach. Mein Gehirn lässt
meinen Körper komplett anspannen. Sekun-
denartige Ströme durchfließen meinen Körper

und lassen ihn erstarren und meinen Rücken krümmen. Ich habe diese Anfälle noch nicht sehr lange und doch sind sie so mächtig. Wahrscheinlich schon ein paar Jahre. Innerhalb von Minuten krampft mein kompletter Körper. Ich will um mich schlagen und die Gedanken weg werfen. Sie sollen weg! Raus! Schon seltsam wie man sich so verhält. Warum habe ich nur Gedanken, die mir doch so offensichtlich nicht gut tun? Da sie da sind müssen sie also für etwas gut sein. Ich soll mich nicht in die Knie zwingen lassen. Ich soll weiter gebracht werden. Es ist alles dazu da, um mich weiter zu bringen. So viele Schicksale sind unerträglich, sie sind nicht aushaltbar. Ich kann oft nur über sie weinen. Erklären kann man sie nicht, nicht im Einzelnen und nicht für den Einzelnen. Sie sind Teil des großen Ganzen. Hoffentlich, damit sie zumindest einen Sinn ergeben, weg davon und in die andere Richtung. Alles soll etwas bewirken. Da bin ich mir sicher.

Und schon muss ich über meinen Ausraster schmunzeln, ich kann nur noch darüber grinsen. Ich habe mich zerstören wollen und an so dummen Gedanken so stark aufgehalten. Es ist aber auch eine dumme Idee jetzt wieder von diesen Gedanken zu reden. Aber man muss sich mit ihnen auseinander setzten. Du sollst Herr über dich selbst werden! Du kannst alles überwinden, bist wertvoll und in der Welt gebraucht! Vielleicht nicht für deinen Hund oder deine Mitmenschen, vielleicht schon, aber vielleicht auch einfach für Alles. Für mehr. Jeder kann das sein. Wir müssen uns nur mal drüber Gedanken machen. Und ja, es sind immer wieder diese Gedanken. Anscheinend stellen sie unser wahres Gut dar. Möglicherweise hat sich unser wahres Gut aber einfach noch nicht aus dem Wort befreien können. Ich will sie am liebsten immer wieder umwandeln, in die Form, die sie vorher hatten. Ich bekomme sie leider erst in einer Form, in der ich sie zum Beispiel auf Papier bringen könnte. Wir legen unsere Gedanken immer so zu recht, dass andere sie verstehen können. Aber das sollen wir gar nicht, viel zu schnell gehen wir vor. Manche Gedanken sind für uns. Nur man selbst hat sie bekommen. Nur du hast sie gerade bekommen, du bist die Person, die ihnen würdig ist. Du bist die Person, die ihnen würdig ist. Du bist auserwählt diese Gedanken zu haben, sie zu besitzen. Ich kann etwas aus ihnen machen. Ich soll etwas aus ihnen machen. Du, du selbst, sollst etwas aus ihnen machen. Damit ist nicht gemeint, sie dem Nächsten weiterzugeben. Vielleicht ist es aber auch genau das, was du machen sollst. Dann muss ich es tun. Aber nur wenn ich es tue. Somit kann jeder auserwählt sein. Du bist besonders, weil du genau das denkst, was du gerade denkst. Nur du. Nur du machst daraus was du daraus machst. Fühl dich besonders. Du hast ein Begehren und es ist es wert. Du bist begehrenswert, in welcher Form auch immer. Auch ohne Form. Es ist unfassbar, wir sind einfach alle der Wahnsinn.

Ich freue mich. Über uns. Über uns alle.
Es ist so ein schönes Gefühl, seine Gedanken
immer wieder aufladen zu können. Auch an den
Tagen, an denen du nicht willst. An den Tagen,
an denen es dir zu viel ist, Tage, die dir zu viel
sind. Man läuft mit ihnen in dieselbe Richtung.
Du wirst ihnen nicht entkommen. Ich könnte jetzt
auch sagen, es sei gut so, damit du die schönen
Tage mehr wertschätzt. Ich zweifle daran, ob
Tage wirklich Tage sind. Vielleicht sind Tage auch
Wochen und Jahre Tage. Jeder schlechte Tag gibt
einem so viel. Du spürst dich selber. Du spürst
dein Inneres. Die schlechten Tage bringen es zum
Vorschein. Man braucht sie, die schlechten Tage.
Aber bitte auch nicht zu oft.
Wenn Mitmenschen weinen, dann drückst du sie
ganz fest. Man hält sie. Man gibt ihnen Halt und
Fürsorge. Brauchen sie das auch? Ja klar, um
nicht zu verzweifeln. Aber warum denn nicht? Ist
Verzweiflung denn so schlimm? Ist Verzweiflung
Wahnsinn? Ich denke doch Genie ist Wahnsinn.
Also warum gegen die Verzweiflung angehen?
Die Verzweiflung lässt das Genie eines Jeden
auftauen.
Was mache ich?
Ich schreibe.
Achso.
Nicht, dass ich noch anfange zu verzweifeln.
Okay jetzt sollte ich mal mein Stübchen aufräu-
men. Warum? Gäste kommen später. Aber mal
wirklich, warum? Die mögen mich doch weil ich

ich bin. Deshalb kommen sie. Bin ich leer und aufgeräumt? Möglich. Vielleicht hat mein Zimmer auch gar nichts damit zu tun. Ok jetzt sollte ich es wirklich tun.

Jetzt bin ich echt müde. So müde, dass sich alles in meinem Kopf zusammen zieht. Ich kann meine Augen kaum noch aufhalten. Nur das eine hält mich wach. Das Eine. Jeder hat sein Eines. Jeder vollbringt Taten mit dem Sinn sein Eines zu unterstützen. Tue ich das gerade? Buchstaben für etwas verwenden, was über alles hinausgehen soll. Ich lege mir selbst Ketten an. Komm ich je wieder frei? Was ist, wenn der Prozess beendet ist und wir immer noch auf dem Papier bleiben? Ist der Prozess dann misslungen? Oder wäre das das Zeichen? Das Zeichen, das uns zeigt, dass die Ketten der unsrige Sinn sind. Unser Sinn wäre somit vollkommen in seiner Beschränktheit. Wir sind es nun mal. Beschränkt. Ich kann nicht alles aufnehmen, nicht einmal alles aufnehmen und spüren, was direkt vor meiner Nase geschieht. Ich habe diesen Drang. Wenn ich an einem Ort bin, an dem ich mit einer hohen Wahrscheinlich- keit nur dieses eine Mal sein werde, dann habe ich ein Bedürfnis, welchem mein körperliches Wohlempfinden egal ist. Ich sehe Es. Ich laufe daran vorbei. Ich werde Es nie wieder sehen. Nie wieder. Ich entferne mich. Es ist mir egal. Nein! Ich muss zurück, sofort. Ich muss zurück und Es überall berühren und fühlen. Jetzt fühle ich mich wieder vollkommen. Meine Augen genauso. Ich drehe mich um und gucke. Gucke ins Nichts. Markante Formen werden gespeichert. Ich drehe mich wieder zurück. Hab ich alles? Nochmal umdrehen. Mein Hals! Nach dem dritten Mal muss ich krampfen. Doch der Druck ist stärker. Dieser Drang, ich muss ich nochmal angucken, das Bild versvollständigen, obwohl mir das Bild egal ist. Dieser Ort ist doch gar nicht wichtig. Alles ist wichtig, Jedes Stück Natur.

Natur?

Was für ein Begriff! Ich kann nur staunen. Mir wird gerade klar, dass dies wahrscheinlich das größte Wort ist, das es gibt. Ich meine, wie kann etwas existieren, wenn es nicht Natur ist? Gute Frage, coole Frage. Der Gedanke kam mir heute Morgen im Bett. Auch der Computer ist Natur. Dieses Wort! Es ist das größte, was ich je erfahren habe. Das wird mir jetzt erst klar. Genau eben. Deswegen bekomme ich gerade auch nicht sehr viel auf die Reihe. Ich bin überwältigt. Mein ist auch Natur. Ist es Natur? Das Alles. Ist das jetzt schon die Antwort? Eher die Beschreibung. Beschreibung auch für das Undenkbare? Jeder kann sich unter Natur etwas vorstellen. Krass. Jetzt blockiert mein Kopf. Dann ist dieser Weg vielleicht nicht zielführend. Natur. Ich komme nicht weiter. Der Fluss stoppt bei dem Wort. Oh mein Gott, ja! Der Fluss stoppt! Ich habe keine Wörter mehr! Ich kann es nicht beschreiben! Ja! Ich bin soweit. Ich habe gerade Wissen durch mich selbst erfahren. Es kann geschehen sein.

Wenn ich zu etwas keine Worte finde, dann ist es doch genau das, wonach ich suche. Aber irgendetwas bewegt mich zum Weitermachen. Ein Drang. Dann kann ich noch nicht angekommen sein. Sonst wäre doch jetzt Ruhe in meinem Kopf. Es hätte gepasst. Eine einfache Antwort auf die einfache Welt. Menschen! Die Welt ist einfach! Nur dies zu verstehen ist schwer. Oder anders herum? Möglicherweise ist es anders herum besser. Bäume sollten auch anders herum stehen, um den Himmel besser zu sehen.

Und dann auf einmal fühlt man sich wie ein Musiker. Nicht wie irgendein Musiker. Wie ein Musiker mit Fans, der diese nicht braucht. Einfach entspannt, verpeilt, locker und Fasching im Kopf. So gut. So muss ich mich manchmal fühlen. Ich brauche das. Ich muss mich so fühlen um einen lockeren Blick für alles zu bekommen. Ich darf es nicht so schwer nehmen. Es passt schon. Ich stehe da drüber. Ich stehe weit drüber. Ich bin ein Rockstar. Ein Image, welches ich genießen würde. Ein Inbegriff von Faszination. Wenn man sie sieht können sie alles tragen. Sie können lange oder kurze Haare, dicke oder dünne Arme haben, mit dem Fahrrad oder dem Auto unterwegs sein. Naja, Rockstars sollten schon dünne Arme haben. Aber wir halten fest, aus diesem Stand ist vieles möglich. Wenn man sich also von Zeit zu Zeit so fühlt, aus dem Stande zu etwas im Stande zu sein, dann sollen wir weitermachen. Sich so fühlen, wie ein

Rockstar, das sollte jeder ab und zu. Gerne auch häufiger. Es treibt durch Entspannung voran. Jetzt bekomme ich einen Angriff von komischen Gedanken, nur durch ein paar falsche Worte des anderen. Und schon klappe ich zusammen. Ein Rockstar würde mitgehen. Und anschließend wieder zurück. Wir machen also Musik. Oder fühlen uns zumindest so.

Und dann? Tage des Rocks vergehen und wir fragen uns, wer wir sind. Haben wir uns jetzt verloren? Nein, nur kurz Pause gemacht. Selbst auf Pause gedrückt. Wir wurden schlauer. Manchmal wird man über ein Wochenende schlauer über etwas, über das man eigentlich doch lieber dumm sein möchte. Ein Wochenende kann alles ändern. Man ist an einem anderen neuen Orte. Dieser greift dich und schüttelt dich einmal durch. Zweimal. Nochmal. Auf einmal fängst du zuhause von vorn an. Ich habe Gefühle verloren. Meine Gedanken sind anders. Hoffentlich kommen sie wieder zurück. Die alten Gedanken und Gefühle. Und Hoffnungen. Bitte lass mich nicht verzweifeln. Vielleicht merke ich aber so erst was ich wirklich will. Wenn ich mich wiederhole in dem was ich schreibe, dann ist das doch gut. Immerhin ist der Gedanke zurückgekommen. Ich lese mir nichts durch. Wie könnte ich denn? Ein letztes und einmaliges Drüberlesen wird diesen Prozess abschließen, nachdem er hoffentlich beendet ist.

Ich habe immer gedacht Entspannung und Feiern

sind die Alternative zu oder besser die Flucht aus dem Normalen. Die Flucht aus dem normalen Handeln und dem sinnlosen Dahinleben. Ich will nicht sagen, dass Feiern und Entspannung nicht toll sind. Sie sind sehr toll, zumindest können sie das sein. Ich brauche sie auch. Ich muss raus. Man hat etwas zu erzählen. Man lebt. Aber Feiern? Sind sie nicht das beste Beispiel für Dahinleben? Wir brechen aus der Normalität aus, in dem wir uns ihr unterwerfen. Wir geben uns ihr hin. Es ist nötig. Es gibt mehr. Aber es gibt doch mehr! Macht Feiern in euren Köpfen und bringt sie hierher! Ich will mitfeiern!

Ich bin wieder aufgeregt in diesem großen Durcheinander. Nichts, an dem ich mich zu hundert Prozent festhalten kann. Nichts, wo ich weiß wie es läuft. Alles kann passieren. Ich habe Angst. Meine Brust pocht. Es pocht in meiner Brust. So ist es richtig. Ist das denn fair? So viel Unklarheit. Ich mache mir zu viele Gedanken, zu viele Sorgen über Gedanken. Bitte. Ich brauche etwas. Weiß ich was ich brauche? Du musst, in dir, eine unverwundbare Basis schaffen. Sie bist du. Und dein Du ist stark, zumindest kann es das dann sein. Dein Du kann dich halten. Es wird dich halten. Finde es! Wenn du es findest, dann bist du es. Und du sollst du sein. Kann ich das eigentlich sagen? Kann ich sagen wer du sein sollst, anmaßen wer du bist? Das ist schwierig. Unter ein paar Menschen bist du du selbst. Oder zumindest dabei es zu sein. Auf dem Wege. Du fühlst dich gut so wie du dich verhältst und denkst nicht über den nächsten Schritt nach. 'Ich bin bereit für jeden! So bleibe ich! ' Ja und dann, dann ist alles anders. Sie müssen nicht besser sein als du. Aber sie sind besser als du. Wie kann das sein? Unter diesen Menschen bist du nun so gar nicht mehr du. Du wirst gesteuert. Von dir selbst. Aber du wirst gesteuert. Gesteuert kannst du niemals froh sein. Mir ist es einfach zu anstrengend mich um das Frohsein zu kümmern. Es ist grad nicht das, worum es gehen sollte. Froh sein durch meinen großen Bildschirm oder meine gute Beziehung zu den Menschen, die mir wichtig sind. Lasst uns alle gerade einmal froh sein. Ja? Nein? Ein Umstand, dessen genaue Bestimmung mich zu sehr einschränkt. Ich muss mich verkriechen. Anderen helfen und dabei kaputt gehen. Die ganze Kraft geht von mir auf dich. Nimm sie und mach es. Mach was du machst. Es ist einfach faszinierend. Ich schreibe was mir durch die Finger läuft. Es durchfließt so viele Stationen aber es hört nicht auf. Zumindest lädt es immer wieder nach und den Vorrat immer wieder auf. Und jetzt lade ich mich auf. Die Energie kommt zurück. Es passiert etwas und es macht mich stark. Ich folge einfach wieder dem Strom. Nein, falsch. Ich bin nicht am Ende, nicht an dessen Ende, dem ich folgen könnte. Auch nicht am Anfang. Ich werde durch-flossen. Ich bin nicht am seelischen Durchdrehen. Ich schmeiße mich nun mal in den Weg. Mitten in den Weg. Genau an die passende Stelle, an der es passt, mich hineinzuwerfen. Genau an die für mich ausgesuchte, Stelle, an der ich funktioniere. Also bin ich dann nur ein Werkzeug? Ein Hilfsmittel? Durchaus möglich. Aber für was? Wenn wir alle Werkzeuge sind, was ist dann das Objekt? Das fertigzustellende Objekt? Um auf der Reise zu bleiben sollte ich diesen Gedanken wieder verlieren. Denn um einfach zu funktionieren sollte man nichts hinterfragen. Theoretisch will ich das auch gar nicht. Ich will nur auf Neues schließen, auf Größeres stoßen. Auf Nichtbeschreibbares. Ich sollte eine Pause einlegen. Ich bin mir gerade nicht sicher ob ich von dem abschweife, was ich will. Niemand bekommt mit wie lange es dauert. Nicht mal ich.

Und dann kommen die anderen Momente. Es gibt auch schöne Momente. Ich glaube, ich sollte mir diesen Film mal ausleihen. Eine ruhige Szene. Ohne Vorurteile. Alle völlig verschieden. Und doch einfach beisammen. Einfach schön, untertitelt von Musik. Man fühlt sich sicher. Herausgezogen aus dem Hier durch eine Illusion von Dort. Schön. So besonders. Einfach warten, jeder erreicht die einfache Schönheit. Jeder erfährt sie. Irgendwann. Okay jetzt ist Pause, also Aktion. Kennst du das? Spürst du es? Ich fliege gerade, ich werde schnell, die Buchstaben fliegen. Ein Tunnel entsteht, mein Blick, der Text, der Tunnel. Ich schaffe eine Verbindung. Zwischen Papier und mir, zwischen Papier und dir. Es passiert, es entsteht. Es entsteht gerade. Bei dir. Fühl es. Lass es dir bewusst werden ohne es zu unterbrechen. Bleib im Tunnel. Du fährst, schnell, schneller. Glaub es, das ist der Beweis, nicht mehr zu leugnen. Peng, bumm, aus. Realisier es.

Das ist Kunst. Unbehindert. Keine Hilfsmittel. Nicht zensiert durch Pinsel oder Meißel. Deine Wahrnehmung ist das Medium. Die Wahrnehmung als Leinwand und Marmor.

Es wäre perfekt jetzt mit meinem Kapitel über mein Kunstverständnis zu beginnen. Eine wunderschöne Einleitung, aber irgendwie wäre ich auf einmal auf einer Spur. Ich würde nur noch auf Schienen laufen. Alles müsste man für ein Thema zurecht schneidern. Nicht mehr der Gedanke an sich sondern der Gedanke in Bezug auf würde wichtig sein. Würde ich mich also jetzt ausschließlich der Definition meines Kunstbegriffes widmen, würde ich diesem dabei widersprechen. Alles ist der Kunstbegriff. So einfach ist es auch nicht, aber gucken wir mal wo es hingeht.

Die letzten Tage war ich wirklich immer zu spät. Zu spät um es aufzuschreiben. Zu spät um es mir zu merken und trotzdem habe ich etwas zu geben. Immer eigentlich. Die Perioden der Leere werden weniger umso mehr man zweifelt. Der Zweifel, auch ebenso die Faszination sind in der Lage, uns immer zu beschäftigen. Die Faszination ist faszinierend, wirklich. Man ist von etwas so überwältigt, dass einem die Gefühle fast aus dem Halse springen beziehungsweise man nicht mehr in der Lage ist zu funktionieren, gleichzeitig sieht

der Mensch es als gut an. Einfach faszinierend.
Der Blick, eine Minute auf eine Blume, sie nimmt dich mit zu ihr. Sie ist alles, was in dir vorgeht. Sie zeichnet das Bild in dir. Manchmal gibt sie dir auch das weiße Blatt, auf dem du deine Gedanken nochmal neu aufbauen kannst. Sei faszinierbar. Verträumt zu sein gibt mir so vieles. Ich glaube, ich bin ein Wenig von mir selbst abgekommen. Anfangs dachte ich, ich stelle mich zu sehr in den Mittelpunkt, doch mittlerweile gebe ich zu viele Anweisungen. Manchmal habe ich das Gefühl, ich spreche zu Suizidgefährdeten. Ich schreibe dann vorsichtig. So als müsste ich sie beschützen. Albern. Und nichts ist egal. Alles hat Grund. Alles hat einen Grund. Vieles hat mehrere Gründe. Auf jeden Fall hat alles Grund. Mich regt es auf, wenn Leute mir sagen, dass es egal ist. Irgendetwas, was den Wert besitzt, bis in die Gedanken zu rücken, soll egal sein. Aha. Ich weiß selber wie man sich fühlt, wenn man es sagt. Ich sage es auch. Aber mich selbst regt es auf. Es nervt. Es strengt mich einfach an, nicht zu wissen was egal ist, weil es ja egal ist. Und meistens wäre es einem dann wahrscheinlich wirklich egal oder man wäre zu faul um darüber nachzudenken.
Und dann prallen auf einmal zwei Dinge aufeinander, die einem beide so gar nicht egal sind. Das Elne Ist für einen das Wichtigste und wird auf einmal nach hinten gedrängt. Hinzu kommt etwas, über das man schon lange nicht mehr na-

chgedacht hat und auch nicht mehr in Erwägung gezogen hatte, jemals wieder darüber nachzudenken. Auf einmal vermischt sich beides und es entsteht ein Strudel, vor dem inneren Auge. Vielleicht auch vor dem Äußeren. Kleine Freude und bitteres Leid vereint. Durch große Freude und geringes Leid würde kein Strudel entstehen. Aber die kleine Freude kann das Leid ganz schön durchwirbeln. Auf der Toilette geht das einfach. In völliger Entspannung, die sich durch das Kloambiente schnell ausbreiten kann, ist es einfach, seinen Kopf einfach mal sich selbst durchmixen zu lassen. Vielleicht sollte ich einfach mal aufs Klo gehen. Wenn ich dann wieder komme schreibe ich eine komplett leere Seite. Die, die mein Kopf auf dem Klo produziert hat. Aufschreiben wird dort nicht zum Thema. Ich finde es immer zum Genießen Bücher zu lesen, in denen man mitbekommt, wie eigen manche Leute sind, dass sie zu allem Eigenartigen stehen, weil sie es einfach gut finden. Unter solchen Autoren und Protagonisten fühle ich mich wohl. Mit dem kurzen Einschub über das Toilettenambiente habe ich probiert, nur kurz genauso zu sein. Es hat sich ein wenig gut angefühlt. Ich würde gerne beschreiben, was jetzt passiert, aber da ist nichts. Einfach ein Mix, den ich loslasse.

Manchmal dauert dieser Gang auch ein wenig länger, auch über mehrere Tage. Solange, dass man bei der Rückkehr mit den Buchstaben überfordert ist. Ein komplizierter Tag kann oft so schön sein. Aber ein schöner Tag oft auch so kompliziert. Ich fange wirklich mal mit etwas an, was Sinn macht und mich vielleicht irgendwann mal vorantreiben kann. Und jetzt bin ich gerade raus. Ich glaube die Pause war doch zu lang. Ich habe gerade das Gefühl, dass alles was ich schreibe keinen Sinn macht und ich mich einfach nur von Seite zu Seite retten will, um am Ende auf ein fertiges Werk zu schauen. Aber warum? Irgendwas bringt mich mir gerade nicht nah genug um zu denken, irgendwas verhindert meinen Fluss. Gut möglich, dass ein stressiger Tag auch mal zu viel ist. Zu viel für die Funktion Denken. Der Fehler könnte auch sein, dass ich heute Druck verspürt habe, weiterzuschreiben. Ich habe einen großen Fehler gemacht. Ich konnte meine Geduld nicht beibehalten. Ich habe berichtet. Berichtet, dass ich dies tue. Berichtet, dass ich Wissen durch mich selbst erfahren will. Jetzt muss ich diesen Druck wieder loswerden. Es ist sowieso niemandem wichtig, ob das hier gelingt, aber durch mein Maul wird das Gelingen für mich unausweichlich. Es ist der Zweifel, der mich einfach mal wieder besucht. Der Zweifel daran, dass ich jemals Antworten finden werde, der Zweifel an allem, was mich aufrecht hält. Ich will locker sein. Heute vor allem. Denn heute habe ich das erste Mal ein Vorhaben zu zweit gestartet, welches sich mit der Kunst beschäftigt hat. Nicht direkt, aber zumindest hatte es mit Ästhetik zu tun. Entgegen meiner Vorstellung von dem wahren Schönen bin ich in Mode und Fashion interessiert, viel mehr in Modelling. Doch es gibt immer ein Größeres, welches die eigene Stimmung kontrolliert. Auch Träume können da nicht gegen ankämpfen. Etwas setzt uns so, dass es riesig erscheint. Jeder kennt das. Jeder hat schon mal darunter gelitten. Deshalb muss ich mich ablenken und probieren das Unmögliche zu schaffen. Aber eines weiß ich genau, mit dem Gang ins Bett wird es wieder einen Übergriff auf meine Gedanken vornehmen. Aber das Schreiben hilft. Natürlich beeinflusst das Größere das Schreiben, doch man bekommt es nicht mit. Jedenfalls nicht stark. Mein Kopf wird leerer und mir geht es besser. Irgendwas in mir, irgendwas in mir wollte, dass ich das weitergebe. Oder irgendwas um mich herum. Im Moment weiß ich wirklich nicht, ob meine Lehren schon am Ende sind. Man hört Zitate von Dean und Hendrix und ja, sie geben Kraft und lassen mich glauben nach ihnen leben zu müssen, weil auf dem Poster hinter ihnen ein alle Maße sprengender toller Typ zu sehen ist, doch sie sind nicht ich selbst. Ich wollte immer mal einen schlauen Satz sagen, nach dessen Weisheit die Menschen ihr Leben aufbauen, aber eigentlich soll jeder seine eigenen Zitate sprechen. Und wir alle können das. Mein Kopf platzt gleich. Im Moment macht das Schreiben meinen Kopf voller, noch voller. Warum, was ist denn passiert? Ich habe einfach zu viel vor. Ich habe zu viele Dinge zu erledigen, die meine volle Konzentration auf den

Erdball senken. Dabei wollte ich das doch immer. Ich wollte Dinge erleben, um viel erzählen zu können. Ich wollte Dinge erzählen, die es wert sind, weitergegeben zu werden. Hoffentlich muss ich morgen nicht so viel arbeiten. Womöglich wäre es doch besser. Dann kann ich mehr nachdenken. Danach erlebe ich wieder so viel. Das heißt, umso länger ich arbeite, umso länger habe ich Zeit. Mich belastet die Arbeit. Aber immer erst einen Tag vorher. Mich wurmt es, nicht unendlich lang wach bleiben zu können. Es ist nicht so, dass ich immer unendlich lang wach bleibe, aber wenn es nicht geht, ärgert es mich. Ich glaube, morgen wird die Arbeit besonders anstrengend. Und mein Kopf glüht. Könnte an der Arbeit liegen, oder an dem Größeren, das mit meinen Gedanken Ping Pong spielt. Das sind eindeutige Anzeichen dafür, sich ein kühles Getränk zu besorgen. Jetzt sofort. Morgen ist alles dann gleich viel besser. Wenn man erst einmal merkt, wie der im Inneren glühende Asphalt durch eine eiskalte Flutwelle zum Dampfen gebracht wird und der Boden nach mehr schreit, dann wird alles besser. Und morgen ist es dann gar nicht mehr so schlimm. Wenn es erstmal morgen ist, dann hat sich alles wieder beruhigt. Ich habe auch nur vor einer Prüfung Angst, wenn ich sie noch nicht habe. Währenddessen bin ich beschäftigt. Unser Leben ist eine Prüfung. Also brauchen wir keine Angst haben. Es wird kommen, wie es kommen soll. Jetzt bin ich wieder zurück. Manchmal frage ich mich, ob ich ein komplizierter Mensch bin, nicht weil ich mir Gedanken über Gott und die Welt mache, sondern einfach weil ich mich verhalte wie ich es tu. Menschen sind mir nicht egal nur weil ich nicht an sie denke. Sie sind mir trotzdem im Herzen unentbehrlich. Das sollen sie am besten von mir wissen ohne es von mir zu hören. Ich füge Menschen, oft Liebenden, Schmerz zu. Kein Schmerz, bei dem der Panzer eine Delle bekommt, sondern der, bei dem die Granate mitten rein fliegt. Ich widerspreche mir zu oft und weiß am Ende zwar was ich eigentlich will, aber nicht, ob ich es überhaupt einmal gesagt habe. Bitte lasst mich es zurücknehmen. Ich will das nicht so gesagt haben. Ich finde es zu hart gerade. Es ist viel zu schwer sich damit zu beschäftigen. Es liegt eine zu große Konzentration auf dem Hier. Wieso sprechen wir über das Telefon? Wir sind anders verbunden. Stärker. Und jetzt frage ich mich, ob ich kompliziert bin? Ist das so, wenn man viel nachdenkt? Bin ich meinen Mitmenschen gegenüber kompliziert, obwohl ich es einfach einfach haben wollen würde. Ich hätte es gerne einfach und das macht mich kompliziert. Die Einfachheit ist kompliziert. Nichts ist einfach, wenn es kompliziert ist. Alles einfach machen zu wollen ist höchst kompliziert. Das ist kompliziert, und einfach, weil es einfach passiert. Es kommt einfach. Also doch eher einfach als kompliziert. Es ist doch Wahnsinn, an etwas zu glauben. Es ist aber erfüllend. Ich werde nie alleine da stehen. Immer bei mir. Vielleicht auch auf dem Weg zu meiner ersten Millionen. Hoffentlich bekomme ich die in Wissen aus-gezahlt.

Ich habe Zorn auf Menschen, die ich liebe. Ver-dammt, ich will gerade hier raus. Raus aus mir selbst. Ich komme in einen Krisenzustand wegen einer Vorstellung, die ich als sichere Tatsache der Vergangenheit sehe. Ich weiß, dass es so passiert wäre. Mir hilft auch kein Zuspruch. Es wäre passiert und das stellt so viel in Frage von dem, was heute ist. Dagegen kann ich auch nichts machen. Ich sollte mich freuen, dass es anders passiert ist und sich alles um mich dreht. Aber wenn ich doch weiß, dass nur mein Ort und Zustand das Interesse an mir geweckt hat, kann ich nicht glücklich sein. Es tut weh. Und es geht nicht aus meinem Kopf. Alles geht gerade kaputt in mir. Ich muss weinen und mein Unterleib ver-spürt ein Gefühl, welches mich gefangen nimmt und mich in den Wahnsinn treibt. Der Wahnsinn treibt in diesen Zeilen die Worte aus mir. Ich krampfe. Wie schon so oft. Ich bin krank oder normal, zu normal. Ich muss ausrasten. Aber wie, wenn ich doch in mir gefangen bin? Ich werde jetzt erst einmal den Zug ins Nichts buchen, um mich meiner Unglücklichkeit zu stellen. Vielleicht gibt es sie gar nicht. Ich muss aufhören zu fühlen oder zu denken. Verrückt, dass ich das schrei-ben kann. Das ist mein Wunsch gerade. Dieses schlimme Gefühl im Unterleib, ich hatte es in der frühen Jugend. Ich habe immer gesagt, dass ich um mich schlagen und irgendwas kaputt machen müsste, um es zu erklären. Ich habe mich irgendwann damit abgefunden, dass der Wachstum des Glieds damit zu tun hat. Doch jetzt weiß ich, dass da etwas anderes ist, dass da mehr ist, denn da wächst nichts mehr. Es ist schwer diese Ausraster zu unterdrücken. Doch wenn ich mich recht erinnere habe ich es meistens geschafft. Zumindest ist niemals irgendwer dabei zu Schaden gekommen, hoffentlich. Das Gefühl hat nichts mit sexueller Lust oder Befriedigung zu tun, aber den Wunsch nach Ausbruch und Befreiung kann ich auf jeden Fall im Zustande des Gefühls als erwünschenswert bezeichnen. Ich habe den Wahnsinn immer geliebt. Verrückte Dichter, Maler und Pizzabäcker. Der Wahnsinn ist so faszinierend. Er nimmt mich komplett ein und begeistert mich. Nur bin ich jetzt einen Schritt zu weit, er hat mich gefangen, eingenommen. Ich wollte ihn nie wirklich selbst erleben, doch jetzt merke ich, wie er über mich kommt und sich langsam auf mich legt und dabei Schritt für Schritt alle Löcher schließt. Niemand kann mir dabei helfen. Jedoch treibt uns der Wahnsinn an. Man hat dies nicht unbedingt im und als Gefühl, doch man empfindet stärker und alles wird sensibler, an und in einem, wenn man sich in ihm befindet. Es fühlt sich alles so schnell an. Man bekommt so viel mehr von dem mit, was an einem vorbeizieht, während es vorbeizieht. Man achtet nicht mehr auf die Dinge selbst, sondern auf die Verbindung.

Meine Großmutter betreibt Kommunikation mit dem Computer. Sie kauft von ihm die Zugtickets. Sie hält ein kleines schwarzes Gerät, es sieht aus wie ein Taschenrechner, vor den Bildschirm, vor ein Muster. Eine Nummer wird auf das Gerät übertragen und muss dem Computer nun zugeführt werden, in dem sie eingetippt wird. Und die Leitung, über die dies geschehen ist? Nichts? Übers Nichts. Also benutzen wir es im Alltag. Dann können wir es doch auch schätzen. Im Wahnsinn schätzt man es. Wir verlieren es so schnell aus den Augen. Viel zu schnell wird sich wieder auf dem Bildschirm konzentriert. Man ist zu wenig von dem Faszinierenden fasziniert. Und dann werden einem die Fehler aufgezeigt, die man macht. Ich bin oft sehr erschüttert über meine eigenen, sehr wehmütig. Aber ich darf mich nie von meinen Fehlern unterdrücken lassen. Ich schreibe hier wirklich die einfachsten Dinge auf, über die sich die halbe Welt bereits Gedanken gemacht hat, jeder in seinem Buch und ein paar öffentlich. Eigentlich ist doch alles viel abstrakter. Ich habe einen Tick. Es kann sein, das ich ihn hatte, denn ich habe ihn lange nicht mehr gesehen. Meine Nase glänzt. Wenn ich eine Marmorstatur wäre, wäre meine Nase eindeutig die, für das Publikum, begehrenswerte Stelle. Ich muss sie anfassen, sie erzeugt Töne, deren Erklingen in meinen Ohren wie ein Zug an einer Zigarette ist. So oft haben sich Ticks in mich eingeschlichen. Es ist auch riskant jetzt darüber zu reden, weil es mir schon bei dem Gedanken in der Schulter zuckt. Also muss ganz schnell ein neues Thema her, auch wenn eigentlich das alles hier ein Thema sein soll. Ich weiß nur noch nicht genau welches. Aber es hat was mit Kunst und dem Wahren zu tun, eher mit dem Wahren, aber ich mag Kunst einfach, zumindest das künstlerische Gefühl und Ambiente.

Ich habe oft Angst vor etwas nicht Existierendem, wessen ich mir doch ganz sicher bin. Es ist einfach überall und ist der Grund und der Auslöser für alles, was mit uns passiert oder was wir passieren lassen. Jeder Körper ist biologisch fast gleich. Hört jetzt auf mich zu korrigieren, oder tut es, wenn ihr euch besser fühlt. Warum habe ich also so andere Ängste und mehr davon? Was ist, wenn ich keine Ängste mehr habe? Lebe ich dann überhaupt noch? Also ich stelle gerade ein Problem fest und erfahre dies. In meinem Leben beginnt gerade ein Abschnitt, auch wenn er vielleicht nur einen Tag und eine Nacht dauert, in dem alles gut ist und die Freude in mir mehr als groß ist. Die Freude besiegt jede Verzweiflung. Da kann man sich drüber freuen. Doch das Gute mach möglicherweise das Beste unmöglich. Es kann aber auch sein, dass das Gute bereits das Beste ist. Aber angenommen ich erfahre die nächsten Tage nur Gutes, dann wird meine Reise stark in den Hintergrund rücken oder gar verschwinden. Kaum etwas treibt mich dann noch dazu an zu überlegen und zu glauben. Es gibt für mich auch keinen Grund zu denken, wenn ich hier doch glücklich bin. Das erdige Glück kann durch alles Mögliche ausgelöst werden, durch eine Frau, durch Geld, durch gesellschaftlichen Erfolg, durch geistige Befriedigung oder durch eine gute Mahlzeit. Viele Sachen, viele einfache Sachen können einem das erdige Glück bescheren, egal wie lange es anhält. Beschwerung liegt in der Bescherung. Dieses Ding, kleiner als das kleinste Ding, kann einem auch Glück bescheren, das Nichts. Dieses Glück schafft die Verbindung zwischen Glück und Suche. Man findet, in dem man fühlt. Glück ist, das zu schätzen, was dich schätzt. Es schätzt dich. Es ist um dich herum. Um uns alle. Es kennt alle von uns. Vielleicht ist es sogar in uns. Ich will alles Glück vereinen. Wieso auch nicht? Es ist schließlich überall und zu jeder Zeit da. Ich muss es spüren.

Ich kann nicht mehr malen. Ich will anfangen, doch es herrscht eine Leere in meinem Kopf. Junge, dir fehlt die Kreativität! Ja, kann schon sein. Doch ich meine, ich bin an der absoluten Kreativität angekommen. Ich besitze sie. Mein Kopf lässt sich nicht mehr einfangen. Er ist frei von allen Zwängen. Er ist aus den Gittern der Farben und Formen ausgebrochen. Das kann ich deutlich spüren. Denn die Leere fühlt sich nicht schlecht an. Ich kann in ihr fliegen. Ich fühle mich nicht leer. Sie lässt mich gut fühlen. Ganz leicht. Wie soll das jemand verstehen? Aber ich fühle es doch genau so. Hoffentlich versteht es niemand. So hätte es die angemessene Größe, die unser Verstand nicht besitzt. Ich will keine Lehren erteilen, ich will mein Empfinden weitergeben, euer Empfinden anstoßen und uns alle ein wenig größer machen. Lasst uns die unscheinbare Größe scheinbar machen. Scheint scheinbar schwer zu sein. Die Reise ist der richtige Weg. Wir erfahren uns selbst. Ich fühle mich, als säße ich am Spender des Glücks. Es ist so süß. Vieles ist so süß. Ich warte. Lasst uns genießen. Freuen wir uns, dass wir sind. Wir sind. Das Gefühl wird uns gegeben. Egal durch was. Wir sind. Ich weiß, dass ich bin. Ich fühle es. Ich spüre, dass es einen Grund gibt. Diesen kenne ich noch nicht, doch ich weiß, dass es gut ist. Ich fühle mich sicher. Schmerzen gefährden diese Sicherheit nicht. Ich bin völlig losgelöst. Ich schreibe diese Wörter gerade, weil ich sie so empfange oder bekomme. Ich hoffe dabei nur, dass sie nicht für mich sind, für die Zeiten, in denen ich blind für das scheinende Licht bin. Es hört nie auf zu scheinen. Merke ich mir. Merkst du dir. Wir uns, müssen wir alle merken. Es umgibt uns. Es umgibt uns. Ich kann sagen, schreiben, auch wenn mir die Worte fehlen. Das sollte ich vielleicht gar nicht, weil meine Worte dann auch kaum einen Sinn ergeben. Doch sie erklären was ich bekomme. Geborgenheit. Ich habe nichts zu sagen, weil ich mich gut fühle und nichts loswerden möchte.

Im Moment verspüre ich beides, den Wahnsinn und doch auch den Zug zur Realität. Zur menschlichen Realität. Ich habe das Gefühl, ich könnte mich in dieser wohlfühlen. Das macht mir Angst. Ich habe Angst, den Horizont zu verlieren. Ich interessiere mich für das Meer. Das Meer ist groß. Vor der dunklen Tiefe habe ich enorme Angst. Man kann es nicht beschreiben. Das macht mir Angst und es gleichzeitig so wertvoll und lohnenswert, sich damit zu beschäftigen, zumindest in gewissem Maße. Spontan fände ich es gerade sehr erstrebenswert auf einem Boot zu arbeiten, überall blonde Locken von der Sonne zu bekommen und jeden Tag barfuß das Wasser zu spüren. Und als lebendiger Mensch kann ein Meeresbiologe auch ein guter Typ sein. Ich stelle mir mich als guten Meeresbiologen vor. Und ich stelle mir jetzt schon vor, wie ich nicht damit klarkomme, wenn ich mir anhören muss, wie toll der Typ dahinten auf dem Boot ist, ohne dass ich es bin. Vorhin saß ich da und mein Kopf hat sich zusammengezogen bei dem Gedanken, es nicht zu machen, mich mit dem Meer zu beschäftigen. Und bei dem Gedanken es wiederrum zu machen ging es mir auch nicht besser. Es nicht zu machen gibt mir das Gefühl etwas zu verpassen. Es zu machen würde mir das Gefühl geben etwas falsch zu machen. Ich weiß nicht, was besser ist. Manchmal hat man im Leben Phasen, in denen das Glück einem zur Seite steht. Wie schon erwähnt, ich habe mich gerade in so einer Phase befunden. In den letzten Tagen habe ich so viel stetiges Glück erfahren, jeden Tag aufs Neue, dass ich mich kaum dafür bedanken kann. Man wird benebelt. Ich zumindest verliere den Blick für alles drum herum. Sei es Sport, Beruf oder Liebe, wenn eines dich mit Glück zuschüttet, dann ist kaum Platz für anderes. Wie wird man wieder fähig, seinen alten Blickwinkel zurückzubekommen? Ich habe mitbekommen, dass nicht immer etwas Schlimmes passieren muss, um auf den Boden der Tatsachen zurück zu kommen. Ich war überglücklich und hatte keine Gedanken für das Drumherum. Dann finde ich einen kleinen Geldschein. Da liegt er, mitten auf dem Waldboden. Dazu muss ich sagen, dass ich nie Geld finde und auch nie auf dem Boden danach gesucht habe, bis eben zu diesem Zeitpunkt. Mit der Realisierung ist mir klar geworden, dass in so vielen Sachen Glück steckt. Auf der anderen Seite war ich erschrocken, wie viel Glück ich in diesem Geldschein gesehen habe. Es ist doch nur ein Schein Geld, mit dem man bloß Sachen kaufen kann, welche also kaum von wahrem Wert sein können. Das ist schon bitter. Aber gut, denn nun habe ich wieder gedacht. Ich bin quasi kurz aufgewacht und habe gemerkt, dass es mich noch gibt. Ich bin noch vorhanden. Doch traurig ist immer noch, dass der Wahnsinn der Faulheit erliegt. Vielleicht liegt es daran, dass es noch hell draußen ist. Mich jetzt ablenken wäre toll. Einfach jetzt machen, aber ich werde abgehalten. Ich werde im Schreiben gefesselt. Ich kann nicht los. Ich lass einfach meine Gedanken abschweifen, das geht schnell.

Manchmal im Leben wird einem einfach gezeigt, wie wenig Klasse man doch hat. Ich wollte immer mit einer Sportart, in der ich der Beste bin, zumindest von all den Leuten die ich kenne, identifiziert werden. Ich habe ewig gespielt, aber eben ohne Leidenschaft. So habe ich es nie geschafft mein Ziel zu erreichen. Ohne Leidenschaft. Aber das ist auch gut so, denn heute weiß ich, dass ich das nicht brauche. Und doch finde ich es manchmal traurig. Ich kann nie der sein, der in einer bestimmten Sache von allen um Hilfe gebeten wird. Ich kann nicht Ski fahren, ich kann nicht surfen, ich habe keinen Wert. Ich muss über diese Gedanken hinweg kommen. Ich habe nach meinem Gefühl zu lange gewartet um es wirklich aus dem Gefühl heraus aufzuschreiben. Jetzt bin ich zu klar.

Der Wahnsinn ist der beste Schreibstoff. Ich wäre so gerne ein Tier. Man kann sich anlehnen und muss keine Angst haben umzufallen. Und wenn man fällt, steht man wieder auf, pinkelt vor Schreck an den nächsten Baum und geht baden. In diese Welt würde ich gerne fliehen. Ich habe mich nun lange mit dieser Welt herumgeschlagen und das Wahre weit aus den Augen verloren. Den Tag meines letzten Schreibens kann ich nicht mehr datieren. So sollte es sein. Mein Verhalten ist von Trägheit und Müdigkeit geprägt, deswegen wäre ich so gern ein Tier. Ein Tier mit reichlich oder wenig Geist bitte. Ich hatte solange alles was ich brauchte, um mit dem Leben in dieser Welt ausreichend befriedigt zu sein. Das macht Angst. Angst vor dem Erblinden. Meine Aufgabe wurde schwammig.

Ich frage mich, warum ein Glaube so viel bewirken kann, warum er Berge versetzen kann? Man stelle sich den Menschen als Marionette vor, diese er in Wirklichkeit auch ist. Nun sind Sehnen und Muskeln gesteuerte Fäden in und an den Gliedern. Sie werden gesteuert, durch das menschliche Gehirn. Dieses bekommt Input und gibt diesen weiter. Wir werden kontrolliert. Gedanken sind die Anweisungen. Wir können sie nur in der Form unserer Sprache empfangen. Sie in ihrer ursprünglichen Form zu können wäre wahre Kunst. Nun ist der Gläubige mit Dem, der ihn kontrolliert, im Dialog und einverstanden mit dieser Kontrolle. Er fühlt sich nicht ausgenutzt. Er fühlt sich wie ein Teil. Oder besser wie ein Beauftragter. Dieses Gefühl macht stark.

Nicht jeder kann sich dieser Stärke erfreuen. Liegt das an Verschlossenheit, Engstirnigkeit oder Unfähigkeit? Sollen sich nicht alle Menschen an dieser Stärke erfreuen können? Oder vielleicht gerade nicht? Die Unfähigkeit in die andere Richtung der Gedanken blicken zu können ist auch eine Fähigkeit. Ohne darüber nachzudenken konzentriert man sich auf das, was man macht. Man fragt sich nicht unbedingt warum man es macht. Man weiß einfach, dass es gemacht werden muss. Auch eine Stärke. Also ist niemand

stark. Ich gehöre zu denen die glauben. Die sich dadurch stark fühlen. Ich will nicht stark sein ohne es zu wissen. Was bringt es mir sonst? Ich will die Stärke ja nicht ausleben, ich will sie nur wissen. Als Verteidigung reicht die Ausstrahlung. Auch etwas, das ihr nicht greift. Es ist der reinste Genuss. Das Nichts zu fühlen bedeutet Genuss. Es bringt Genuss. Es ist so wertvoll ihn zu spüren, alles ist auf einmal wertvoll. Jetzt erschrecke ich mich. Ohne mich an das Geschriebene zu erinnern kommt mir ein neuer Gedanke:
Die Kunst der Kunst ist, uns den Genuss beizubringen.
Dieser Gedanke wurde eindringlich in mich eingetrichtert. Ganz klar. Er muss also eine Bedeutung haben, einen Sinn. Es gibt Momente, in denen zweifle ich an allem Bestehenden, an allem was ich sehe, höre, irgendwie erfahre. Was macht es alles für einen Sinn? Warum? Ich bekomme eine verkackte Krise. Ich raste aus, innerlich. Ich sage zu Leuten, dass das was sie machen, keinen wirklichen Sinn hat. Was macht es auch für einen Sinn Fliesen zu verlegen? Der Boden wurde uns doch gegeben. Und dann sage ich, das was ich mache hat Sinn. Ich will der Welt eine neue Ansicht geben, sie verändern, eine neue Richtung der Kunst erschaffen. Ich muss mich fragen, wie bescheuert ich bin. Wen interessiert denn diese Welt? Wen? Darüber hinaus kann ich doch gar nichts erreichen.
Gleichzeitig hat alles einen Sinn, wenn es exist-

iert. Das Schlechte und das Gute. Es soll uns zu etwas führen. Ich fühle mich gefangen aus einem Netz aus Fragen, dabei bin ich vielleicht nicht einmal dazu da, Antwort zu erfahren. Ich bin nur der Weg. Vielleicht sind wir nur der Weg. Dies ist das Einzige, was meinem Leben Sinn gibt. Wir sind da, um zu sein, um zu wirken und um zu werden. Wahrscheinlich wäre es besser, den Dingen einfach ihren Lauf zu lassen, die Gedanken zu verjagen. Solche Gedanken, wie die meinigen, sind eine Gefahr für den Lauf der Dinge, ihn zu stoppen oder zu verändern. Aber dies kann eben auch genau der gewollte Lauf sein. Alles und Nichts macht Sinn. Zu viel.

Von einem Moment auf den anderen. Du hast etwas so süßes, auf einmal wird es eklig und man verkrampft. Man kann es nicht aufhalten. Man verliert an Glauben, Halt und Willen, weil man irgendwann einfach erschöpft ist. So ist es jetzt gerade. Alle Gefühle fließen in diese Zeilen. Oder besser nur Gefühle? Sind Gedanken Gefühle? Oder sind Gefühle Gedanken? Das Gefühle Gedanken sind passt schon gut. Denkst du das ist falsch? Falsch! Du fühlst es. Widerspruch. Aber wenn Gedanken Gefühle wären, dann wären wir selbst für unsere Gedanken zuständig, beziehungsweise würden wir unsere Gedanken selber bilden. Was ist nun mächtiger? Wenn es uns nicht möglich ist, unsere Gedanken in unentschlüsselter Form zu erfahren, lassen wir sie einfach aus unseren Gefühlen entstehen. Wie erfahren wir Gefühle? Durch Etwas außerhalb von uns Existierendem, gesteuert durch die gleiche Kraft, die uns mit Gedanken versorgt. Gibt es also einen Unterschied zwischen Gefühlen und Gedanken? Wenn ich gerade totalen Unsinn schreibe, wer von beiden ist dafür verantwortlich? Ich stelle zu viele Fragen. Doch müssen wir irgendwann einsehen, dass allein der Versuch, das Leben zu verstehen, uns das Leben leben lässt.

Alles auf null zu setzen ist ein Bestreben, mit dem wir uns erhoffen, neu zu beginnen und Passiertes zu vergessen oder gar aus dem Leben zu entfernen. Alles wird rausgeschmissen. Die einzige Mauer, die uns im Wege steht, ist unsere Kopfhaut. Der Kopf ist im Gegensatz zu unseren Gefühlsteilen wie Bauch oder Herz ganz und gar nicht für das klare Denken zuständig. Unser Kopf ist fast alles. Er ist fast alles was uns ausmacht. Die Kopfhaut lässt einen Rausschmiss der Vergangenheit nicht zu, obwohl es uns auf den ersten Blick doch viel besser ergehen würde. Aber man wird immer wieder konfrontiert. Immer wieder. Aber die Schreie werden nachlassen. Jeder von uns wird mal ein Großer, in dieser oder in der nächsten Geschichte. Jetzt fehlt mir die Kraft. Der Kopf ist platt. Er ist überfüllt. Ich rede hier von Problemen, die von vielen Menschen Alltag sind, dabei wollte ich eigentlich genau hier daraus ausbrechen. Ich wollte diese Probleme anhand von einer größeren Bedeutung von allem verschwinden lassen. Das muss ich schaffen, ich werde uns retten, der Wahnsinn wird uns retten, ja!

Richtige Kunst ist scheiße. Sie ist nichts zum Genießen. Man muss sie aushalten, sich anstrengen. Ich halte mich an etwas fest, was nicht ist, was nichts ist. Ich muss der Held meines Krieges werden. Ich muss aufsteigen. Ich werde rennen. Weg oder schneller als alle anderen. Ich werde überqueren. Traue mich nichts zu schaffen. Ich bin sicher, ich versage, ich will keine Schwäche zeigen, ich will nicht zeigen, dass ich unsicher bin. Ich weiche einfach aus. Vor dem Hier. Ist das richtig? Ist das Hier wichtig? Ist das hier wichtig? Ich werde mir irgendwann sicher sein. Dazu bin ich hier. Hoffentlich. Denken ist wie Kauen, aber mein Schaffen ist wie Kotzen.

Oft treibt mich Wut oder Hass an dieses Blatt. Stellt euch darunter das vor, was ihr euch darunter vorstellt. Ich bin abgetaucht, habe jetzt ein Loch nach oben aus meiner Kotze gefunden. Sie ist zwar noch nicht so fest, dass ich daraus etwas bauen könnte, aber zumindest habe ich sie nun im Überblick und ersticke nicht mehr an ihr. Klugheit und Schlauheit liegen im Gedanken. Sie haben wenig mit der Umsetzung zu tun. Willst du deinen Tee rasch etwas abkühlen, so gib kaltes Wasser hinzu. Schwabbt es nun über und der Tee landet auf dem Tisch wird das Vorhaben nicht dümmer. In unseren Gedanken kann es gemütlich werden. Das will ich gar nicht, sonst haben wir eines Tages Angst vor uns selbst. Mein Atelier:

Ich grinse, oder ich gehe kaputt,
an der unendlichen Schönheit der Kunst.
Deine Gedanken lassen dich irgendwann fragen,
warum du in dieser schwachen Welt lebst. Ab
diesem Punkt beginnt bei mir die Angst. Ich sage
es ehrlich. Ich will mehr als diese Welt, hoffe
dennoch dies nicht durch den Weg zurück zu
erfahren. Meine Ehrlichkeit liegt darin, dass ich
es ausprobieren würde. Das tut gut. Ihr schwebt
wie Geister vor mir. In ihrer Entwicklung verblö-
det die Menschheit. Bin selbst drauf gekommen.
Wie schlau, obwohl ich schon so alt bin. Scheiße,
eingeschränkt.
Was ist, wenn mein Leben beziehungsweise
meine Seele in meinem Körper die Vollkommen-
heit erreicht hat und nicht mehr für diese Welt
gemacht ist? Diese Welt kann mir nichts mehr
geben. Diese Welt bewirkt nichts mehr, sie löst
in mir nichts mehr aus. Was ist wenn? Genau
so kann es doch sein. Dadurch würde ich vieles
verstehen, mir es einfach machen und mich gut
fühlen. Vollkommen zu sein fühlt sich gut an. Ich
komme also dem Ursprung der Gedanken näher.
Es geht gar nicht. Ich kann gar nicht so weit sein.
Ich benutze Wörter, ich denke wie du, ich esse.
Traurige Erkenntnis. Ich freue mich über meine
neue Winterjacke.
Ich freue mich über meine Widersprüche.
Ich.
Menschen, die ihr Leben beenden, sind möglicherweise die vollkommensten Wesen unter

uns. Das Hier kann keinen Einfluss mehr auf ihre Seele nehmen. So ist es für den Körper nicht notwendig, hier zu weilen. Diese These ist wie viele andere in meinem Kopf entstanden, da ich alles hinterfragen will. Dieser Zwang nervt mich. An Kunst zu denken ist ein Zwang, zu hinterfragen ist ein Zwang. Hinterfragung töte dich! Ich betreibe kontroverse Kunst.

Ich bin nicht der Meinung, dass man nur einen Platz haben kann, der das Zuhause darstellt. Es gibt keine Begrenzung. Doch wie fühlt es sich an, wenn man angekommen ist? Auf Reisen führst du deine Gespräche, du machst die Sachen, die du liebst. Angekommen ist man, wenn man an einem Ort das Gefühl hat, man reise. Um an diesen Punkt zu kommen bedarf es nicht für jeden einer langen Reise. Dieses Gefühl würde unbeschreiblich sein.

Wenn ich in einen neuen Abschnitt springe, habe ich auch ein Gefühl. Jeder hat dann ein Gefühl, aber ich habe dieses Eine. Ich will mich in ein Kissen stecken und dabei meine Wirklichkeit durch den Bildschirm erweitern. Man denkt manchmal, man habe seine Identität gefunden, doch dann merkt man, wie man wirklich ist, wenn sich Gefühle wiederholen. Wenn das Gefühl genauso wiederkommt, weißt du, es gehört dir. Und wenn du es nicht willst, finde dich damit ab. Traurig. Der Weg also, der Weg ist wieder zurück. Wozu brauchen wir für alles einen Weg? Es ist so anstrengend. Ich will mich wieder ins Kissen stecken.

Die Lösung ist vielleicht auch, einfach mitzu-
machen. Wenn man aufhört zu denken zieht das
Leben an einem vorbei. Ja gut, dann hätte ich es
auf jeden Fall leichter. Wenn ich dann noch etwas
fühlen würde, dann würde es bestimmt besser
sein.

Ich mag dumme Vergleiche von unserem ein-
geschränkten Leben mit Elementen von eben
diesem selben nur ungern machen. Doch muss
ich an dieser Stelle sagen, dass das Leben einer Achterbahn gleicht. Diese Erkenntnis scheint
keine hochgegriffene Erkenntnis zu sein, ist sie
auch einfach nicht. Aber ich kann diese These
nun auch erst vertreten, wenn ich mich ihrer
Aussage anpasse, beziehungsweise mein Leben
sich ihr anpasst. Der so oft beschriebene Wahnsinn wird stärker. Ich befinde mich gerade quasi
in einer Achterbahn, die zwar immer wieder steigt
und fällt, doch im globalen Anblick eine negativ
gerichtete Tendenz aufweist. Doch warum ist das
so? Und warum rede ich darüber? Wir alle, wie
ihr uns alle bezeichnet, wir alle haben irgendwo
einen Sinn und eine Aufgabe. Diese muss nicht
weltbewegend scheinen, doch bewegt jedes
einzelne Schicksal die Welt ein kleines Stück.
Wenn die Achterbahn tendenziell nach unten
zeigt, dann kommt man immer näher an seine
Aufgabe. In einer Zusammenbruchsituation filtert
man heraus, was von Bedeutung ist, was einem
wichtig ist, wenn einem alles egal ist. Dies einmal

zu spüren ist eine Erfahrung von größter Erfahrung. Doch ist die eigene Aufgabe zu kennen der innere Frieden? Das kann ich nicht sagen. Ihr findet hier in euer eigen Freiheit den Halt, den ihr zum Leben braucht.

Freiheit habe ich auch im Schreiben und im Schaffen generell. Doch jeder kennt das Gefühl von Unvollständigkeit. Die Aggressivität kommt hoch, wenn ein Stoß dazu geführt hat, ein Werk voreilig oder gar in der Anfangsphase jemandem mitzuteilen oder vorgestellt zu haben. Schlimmer wird das Ganze, wenn man merkt, dass man sich der Sprache, der man glaubte mächtig zu sein, gar nicht mächtig ist. Man kann sie kaum verwenden. Aber es ist doch genau richtig, wenn man durch die Sprache nur banalen Mist herausbringt. Das ist die stärkste Definition. Nur muss man auch stark sein, diese als seine eigene anzuerkennen.

Gegen meine eigentliche Ansicht der Wissensgewinnung habe ich angefangen, mich mit klugen Köpfen der Welt zu beschäftigen. Erstaunlich ist nun, dass ihre Prägung kaum Einfluss auf meinen Ausdruck der Wahrnehmung hat. Ich habe zwar das Gefühl, ich mein Wissen steigern, doch wenn ich wieder auf mein Werk blicke, bilde ich keineswegs ein Meinungspuzzle. Ich fühle mich dumm und zugleich clever. Ich unterziehe mich einer schädlichen Tortur. Eine Annäherung von einer der beiden Seiten hin zur Anderen wäre gut für mich.

Es bringt einfach alles nichts.
Dieses Werk ist eine Krisenplattform. Ich habe
immer Dinge, die in mich gehen, die ich verarbeiten muss. Ich habe aber auch Vorstellungen,
die ich ausdrücken zu versuche. Meine Arbeit mit
dem, was mich wirklich erfüllt, hat unter anderem das Ziel voran zu kommen. Wenn ich nun
nicht weiter weiß, komme ich an diesen Ort. Hier
kann ich schreiben was mich beschäftigt, auch
wenn es gar nichts mit Nichts zu tun hat.
Mir wird immer wieder die Frage gestellt, was ich
überhaupt suche. Bei mir ist keine Antwort darauf zu finden. Mir fällt schwer es auszudrücken,
wenn es überhaupt darum geht, etwas zu suchen
oder darum, es dann ausdrücken zu können. Aus
dem Nichtsfinden wird ein größeres Nichtsfinden.
Ich finde nicht, was ich zu finden versuche.
Ich probiere es so:
Sei zwischen mir und allen anderen Dingen der
Raum mit einem Rosa Kaugummi ausgefüllt.
Wenn ich nun zu Bahn laufe, dann laufe ich nicht
auf der Straße, ich laufe durch einen Tunnel mit
Kaugummiwänden, die mich jederzeit stützen.
Eine einschränkende Definition, die die Uneinges-
chränktheit zum Inhalt macht.
Ich klinge nicht weise, nicht durchdacht und nicht
überlegt. Ist das etwas, das ich verändern oder
bewahren muss?
Ich finde gerade wieder Vertrauen in mich selbst,
in meine Fähigkeit zum Ausdruck. Aber die
Möglichkeit besteht durchaus, dass dies nur ein

Wehren gegen den Aufzwang anderer Meinungen ist. Die Beschäftigung mit den Inhalten anderer Köpfe macht mich förmlich schlauer. Aber es zerstört mich. Ich will das nicht. Nicht aus simpler Rebellion. Es geht mir einfach nicht gut damit. Mein Kopf ist wieder ohne Fieber heiß. Er ist der, der gegen mehr Input rebelliert. Aber genau diese Möglichkeit zur Abwendung von der Verwendung von Gedanken bringt mich vielleicht weiter. Weiter in der Kunst und weiter zu mir selbst. Ich habe den Begriff der Eingebung kennengelernt. Dieser führt zu mir selbst und gleichzeitig von mir weg. Dadurch, dass ich merke was ich machen muss und machen werde, lerne ich mich kennen und lerne gleich, wie ich mich aus mir heraus bekomme.

Ich war immer der Meinung, wir denken nur in unserer Sprache. Das denke ich noch immer. Aber mit großer Unsicherheit. Doch haben für mich die Gedanken an Abstraktheit verloren. Sie sind nicht sichtbar und doch ziemlich leicht zu durchschauen. Viele bezeichnen sie als abstrakte Eingebung. Auf einen Begriff kann ich mich im Moment nicht einigen. Dies aber sich vor Augen zu führen, dass es etwas gibt, was uns so handeln lässt, wie wir es eben tun, bringt mich zu einer Umstellung meines kompletten Verständnisses. Es passiert nicht einfach alles so, weil es so passieren soll. Das ist kein rein äußerlicher Prozess. Dieser Ablauf geht durch uns durch. An dieser Stelle ist es entscheidend, ob man diesen

Durchlauf wahrnehmen kann. Für mich ist aus-
geschlossen, diesen Ablauf nach dem Wahrnehmen steuern zu können. Ich bin mir nicht sicher
ob er generell gesteuert wird. Ich glaube aber
schon.

Das Glück ist groß, wenn es groß ist. Man merkt
es, wenn man es merkt. Ich habe Auftrieb, obwohl heute alles zu zerbrechen erscheint. Ich
habe bisher Stärke daraus gezogen, was mich
gleichzeitig dieser beraubt hat. Und zwar, dass
ich etwas fern ab von allem mache. Dieser
Zustand wurde heute relativiert. Ich habe Ähnlichkeit erkannt. Ich habe Ähnlichkeit gesehen.
Ich definiere sie, indem ich weiß, dass ich sie
gesehen habe. Unfassbar. Ungreifbar. Der einzige
Unterschied des ähnlich erscheinenden Dinges
war der Titel. Das Nichts wurde als Luft bezeichnet. Es wurde definitiv als Luft bezeichnet,
hingegen ich es nicht bezeichnen will. An dieser
Stelle will ich alle Buchstaben zurücknehmen,
die ich bisher zur Eingrenzung benutzt habe. Aus
meinem neuen Weg ist eine Veränderung eines
anderen, alten Weges geworden. Ein herber
Rückschlag. Aber ich gewinne Auftrieb daraus,
dass ich in der Welt bin. Ich bin da. Ich bin nicht
dumm. Wir sind nicht dumm. Dumm ist der, der
denkt. Gedanken sind nicht passend an dieser
Stelle. Ich mache mir auch Gedanken. Ich habe
probiert, mich zu spüren. Durch Gedanken tue ich
dies nicht. Ich habe meine Hände ins Wasser gehalten, während dem kalten Herbstende. Ich, ich,

ich, ich. Mittlerweile schreibe ich mich zu groß. Meine Handbewegungen haben Wellen erzeugt. Die Bewegungen waren bewusst. Meine Gedanken haben sie gesteuert. Meine Hände wurden kalt. Mein Körper hat darauf mit einem Zittern reagiert. Ich legte nur meine beiden Handflächen ganz sanft auf die Oberfläche des Wassers. Wellen. Ganz sanft. Wellen. Sie waren da, obwohl ich nicht da war. Obwohl meine Gedanken nicht da waren. In der Gedankenlosigkeit werde ich. Ich konnte das anhand der Natur erkennen. Ich will nicht den Begriff Natur verwenden. Sagen wir, ich habe es durch Berührung im Bereich Draußen erkannt. In diesem Bereich sollten wir uns viel häufiger aufhalten. Tempo kann sich gar nicht von Temperatur ableiten, da ein kalter Fluss auch schnell ist. Auf Holz und Metall trifft es jedoch zu. Nehmen wir nun an, wir bewegen uns in einem Innenraum. Wir bewegen uns von dem einen Ende zum anderen. Abhängig von der Meterzahl, die der Raum vorweist, dauert es, diesen Raum zu durchqueren. Nun gehen wir ins Draußen. Was passiert, wenn wir den Raum durchqueren wollen? Es dauert länger. In der steigenden Langsamkeit liegt die Zunahme der Erlebnisse und der Intensität des Erlebnisses. Proportional. Das Draußen bereichert uns. Wir leben mehr.
Dies lässt sich zurückführen auf meine zentrale Erkenntnis meiner Kunstansicht. Es ist sehr erfreulich, es ist genial. Ich freue mich. Ich wollte mir auch viel mehr Zeit nehmen, aber schriftlich

festhalten ist ja kein Einmeißeln.

Das Kunstwerk ändert sich niemals. Nur der Hinweis darauf ändert sich. Nur dieser verändert sich.

So kann ich auch die Bilder und Skulpturen und alle Dinglichkeit in der Kunst rechtfertigen. Sie geben nur Verweise. Natürlich erfreuen mich Bilder nicht, doch hat alle Erkenntnis einen Anfang. Dieser liegt in der Kunst, nun eben im Bild. Das ist auch okay, wir müssen es nur erkennen. Was ist am Bild also Kunst? Nichts. Ganz einfach. Doch es hat uns geholfen zu ihr zu gelangen. Wie kann man also heute noch Bilder malen? Ich kann es verstehen. Ich brauche Bilder oder vielmehr Zeichnungen zur Entspannung. Ich komme weg vom Verzweifeln und fühle mich gleichzeitig in der Lage, wahre Kunst zu machen, weil ich etwas aktiv erschaffe. Solange das ein Gefühl bleibt, von dem ich mir bewusst bin, dass es nur ein Schein ist, bin ich außer Gefahr.

Ohne Grund kommt es gerade zu einem Stau. Besser gesagt, einfach so, als ohne Grund. Es regt mich auf, sodass mich Aggressivität erreicht, sodass ich es bewundere, dass ich dies gerade so einfach schreiben kann, ohne auszurasten. Ich war eben auf einem guten Weg, alles zu erklären. Ich war sehr nah dran. Merkt euch diese Stelle. Ich muss mir diese Stelle merken. Egal was noch kommen wird, diese Stelle ist besonders, und das wird sie auch bleiben. Der Inhalt von der Stelle ist tief in mir verankert und wird mich immer wieder zu mir führen, aber mich auch immer wieder von mir lösen lassen. Dies sollte ich auch tun. Mein Plan war eindeutig mein komplettes Ego zu verdrängen, all den Hochmut abzuwerfen und mich selbst so gut es geht zu vergessen. Ich habe gemerkt, wie unglücklich ich die Menschen um mich herum damit mache. Den Zustand, vor dem ich Angst hatte, gibt es nicht mehr. Ich rede von dem Zustand, in dem man einfach glücklich ist und nicht mehr im Wahnsinn schwankt. Diesen Zustand gibt es eindeutig nicht mehr. Ich werde dazu nicht sagen, dass das gut ist. Ich werde es auch nicht als schlecht bezeichnen. Es war das Ziel, wieder auf der Suche zu sein. Das bin ich jetzt wieder, im Moment häufig ohne intensive Kraft. Es ist im Moment nicht meine Erfüllung. Es ist wirklich anstrengend. Ich bin auch nicht weit gekommen. Mich selbst zu verlassen hat sich fürs erste nicht falsch angefühlt, doch dadurch alle anderen zu verlassen, das hat sich falsch angefühlt. Drum habe ich kurz umgekehrt. Doch werde ich an diesem Schritt nicht vorbeikommen. Ich muss alles von außen betrachten. Ich muss diesen Schritt versuchen, einfach um zu sehen, ob ich überhaupt in der Lage dazu bin.

Jeder kann an der Stelle des Ichs stehen. Nur damit ihr das wisst.

Ziehe ich nun als Möglichkeit in Betracht, dass ich mich, wenn ich mich bewege, in mir selbst bewege, wüsste ich nicht, ob mich das glücklich oder verrückt werden lassen würde, wobei sich dies beides nicht ausschließt. Wenn ich an anderer Stelle meinen Zweifel an Allem auszudrücken versuche, dann merke ich, dass es diesen Zweifel schon gibt, bereits in Begriffe gefasst wurde. Ein weiteres Argument gegen die Bilder. Bilder sind mit der Sprache identisch. Durch sie schaffen wir uns ein System. Jetzt bekomme ich ein Problem. Ich merke, dass mein geschriebener Satz mich an einen schon bekannten Text erinnert, sehr stark sogar. Die Angst des Plagiats ist nicht da, denn Wissen, oder wie man Ausdruck durch Schrift und Sprache und sonstige Methoden nennen kann, ist niemals Besitz. Jedoch lässt es mich an der Einzigartigkeit zweifeln. Natürlich können Übereinstimmungen immer unterstützend sein, aber auch irgendwie beschränkend. Ich will da jetzt ganz schnell wieder weg. Daran erkenne ich, dass zu viel Input mit Wissen von Anderen, wenn es das überhaupt gibt, mich in meiner sich individuell anfühlenden Ausdehnung eingrenzt. Aber zurück zum Zweifel, den ich nicht mehr neu erfinden muss. Er ist da, also ist etwas da. Kann ich das Zweifeln an sich anzweifeln? Wenn ich den Zweifel anzweifeln würde, würde ich ihn gleichwohl stärken. Verrücktes System, in dem nur der Zweifel wirklich da ist. Auch die ganzen Begriffe wie 'wirklich' oder 'wahr' lasse ich völlig unerklärt, obwohl sich so viel sagen lässt, doch dafür ist die Last zu groß. Gut, dass mir dies Andere abnehmen und auch schon abgenommen haben. Ich muss die Ansicht loswerden, dass man, wenn man von sich selbst spricht, egoistisch ist, vielmehr sich dem Allen nicht gewachsen fühlt. Die Chance zu fliegen ist immer da. Zumindest meistens. Ich will sie am liebsten ergreifen, zu jeder Zeit. Man merkt, dass man nicht kann. Man merkt, dass das Einzige, das einen davon abhält, man selber ist. Ich muss Flügel bekommen, eigene. Sie benutzen. Warum auch nicht? Die Sicherheit verlassen, das solltet ihr tun. Inneres Zerreißen muss nicht ausgehalten werden. Ich tue das schon viel zu lange. Aber ohne das hätte ich nicht hierher geleitet werden können. Geht und werdet beschützt.

Kommt man von hier nach dort, mach wechselt nicht seinen Ort. Die Bewegung findet in mir statt. Die Vorstellung, dass ich alles als um mich herum bezeichne, sei gewürdigt.

Umherirren. Wie gerade. Das Zick Zack beschreibt es in meinen Möglichkeiten sehr gut. So leer, wie ich mich gerade vor dem Papier fühle, so leer fühle ich mich, wenn ich durch die Straßen laufe. Ich will endlich alleine sein. Niemand soll irgendwo sein. Nirgendwo in mir oder um mich. Lieber nur um mich als in mir. Die Bewegung in mir halte ich nicht aus. Das Klopfen an Schläfen und Hinterkopf spielt Bass. Stumpf. Stumpf. Was für ein Unsinn. Was kann man tun, um etwas mit Sinn zu machen? Meine Antwort durch meine derzeitige Aktivität ist es immer die Suche nach dem Sinn. Macht der Sinn Sinn? Gibt es bestimmt schon. Wendet euch alle von ihm ab! Ich will mich! Ich will nicht ihr sein! Ich will nicht ihr sein. Ich kann weinen. Fast. Schnell. Verstehst du was ich meine? Ich werde nicht diskutieren, einfach weil ich es nicht mehr kann, ich halte es nicht aus. Es entsteht gerade ein Art Meditation. Ich bin gerade total in mir drin. Nur Ich. Ich fühle gerade alles. Es ist als freue ich mich. Ich habe Angst, dass dieser Moment gleich vorbei ist. Nichts von dem hat erkennbaren Inhalt, doch jetzt gerade hätte ich so gern, dass jeder sich so fühlen kann. Ich kann das jetzt nicht ausdrücken. Es ist viel zu groß. Jetzt ist gerade der Punkt erreicht, an dem ich etwas tue, weil es mir gut tut. Ich habe dieses Gefühl nie oft gespürt. Ich ahne eine Unterbrechung. Es ist wunderschön. Das Schreiben ist wunderschön. Das inhaltslose Schreiben ist wundervoll, voll. Jetzt blicke ich durch mich hindurch, nur für einen kurzen Augenblick. Ich werde gleich schlafen. Gerade schlafen meine Gedanken. Speichert...

In was denken eigentlich Taube?

Es gibt viele Wege, um auf den Weg zu kommen. Jeder sollte wieder auf ihn kommen, es wird sich gut anfühlen. Wenn man erkennt, dass die Kunst einen besucht, dann kann man doch gar nicht so falsch sein, wenn man in eine unklare Richtung gestoßen wird. Dann gewinnt man Klarheit.

Es ist so schlimm, wenn das Innerste rauskommt. Das Schlimmste daran ist, dass das Innere zwar zum Vorschein kommt, jedoch nicht draußen bleibt. Es umgibt den ganzen Körper. Wie ein dünnes, doch starkes Netz breitet es sich auf dem ganzen Körper aus. Es biegt dich wie es will. Es lässt dich krampfen, als würde es Schocks auf dich wirken lassen. Klägliche Befreiungsversuche kommen zu Tage. Niemand sollte dies beobachten. Dies sind nicht nur Ängste. In meinem Falle sind es unvereinbare Widersprüche, die einen das Leben hassen lehren. Man kann sich nicht wehren. Zumindest nicht in den Momenten. Man will einfach zerreißen. Und wieder stärkt die Dopplung den Inhalt. Das macht mir Angst. Diese negative Seite des Seins soll nicht zu meiner Identität gehören. Das wird mich irgendwann zerstören. Der Zerstörer lebt einen Rock n' Roll Lebensstil. Manchmal ist mir das eben zu viel. Hier werde ich es los. Sensibel sein hat hier nichts zu suchen. Rock gegen Rock, Böses gegen Böses. Das muss man tun. Aus sich heraus.

Es kam der Moment, in dem die Welt angefangen hat, blass zu werden. Die bisherigen Stärken verschwinden in einer unbestimmten Leere. Hat man einmal die Einsamkeit erreicht, fühlt sie sich komisch an. Nun hängt es davon ab, was man daraus macht, was man daraus machen kann. Verliert sich in der Einsamkeit dann noch die Welt muss ich mir Gedanken machen. Ist dies nun der falsche Weg oder der unheimlich richtige? Abgeschottet von jeglicher Wärme und gefühlsübertragender Nähe sollte die Welt klarer werden. Doch sie wird schwammiger. Sind die Wärmebeziehungen die Welt? Oder ist genau dieses schwammige

Bild das wahre Bild der Welt? Einsame haben dies bereits einmal gesehen. Die Welt muss umgedreht werden, sodass alles hinunterfällt, was nichts damit zu tun hat. Das Wahre, die Welt, die Kunst, sie sind alle dasselbe. Sie sind die Uneingeschränktheit, für die es kein Wort geben sollte. Sie gilt es zu erkennen. Somit können wir das Kunstwerk niemals ändern. Wir können nur kläglich versuchen auf dieses hinzuweisen. Das Kunstwerk ändert sich nie.

Ich vergesse alles im Strom der Linien. Alles zu setzen fühlt sich so verdammt gut an. Ich habe mir eine Definition geformt, bis hier hin eine endgültige Annahme. So bestätige ich mir, dass man wahres Wissen nur durch sich selbst erfahren kann. Meine Definition, in der ich hoffe, dass sie nie als überwichtig betrachtet oder hochanalytisch in ihre einzelnen Teile zersetzt wird, macht mich glücklich. Zumindest froh für jetzt.

Das Kunstwerk ändert sich nie und ist kein Kunstwerk.

Kann es jedoch sein.

Das Kunstwerk kann nur approximiert werden.

Das Kunstwerk ist der Grenzwert allen Erfassens.

In dem Grenzwert liegt die Uneingeschränktheit, für die es kein Wort gibt.

Das Kunstwerk ändert sich nie und ist kein Kunstwerk.

Und jetzt hört auf mich zu nerven.

Jetzt probieren wir weiter, es uns näher zu bringen...

Da denkt man, man hat es geschafft. Das habe ich für mich auch irgendwie. Ich finde meine Erkenntnis eine besondere, doch besser geht es mir nicht. Ich habe immer gehofft, wenn eine Erkenntnis, die ein so großes Maß an Bedeutung für mich hat, durch meinen Kopf zustande kommt, dann würde mich der Wahnsinn verlassen. Es ist nicht einmal der Wahnsinn, ich bin nicht wahnsinnig, da bin ich einfach zu fertig um das zu sein. Eher hatte ich gehofft, dass die Erkenntnis der Start des richtigen Weges ist und mich verdammt noch mal eine Woche glücklich macht. Aber es geht nicht. Nach außen zeige ich keinen Schmerz, deswegen halten mich alle für ein Arschloch. Also, Schmerz muss immer früh genug gezeigt werden, damit man nicht bevor man ihn zeigt schon genug von ihm hat und ihn nur noch spüren, aber nicht über ihn reden will. Ich hoffe jetzt einfach darauf, dass es weitergeht. Es wird noch größer werden. Es muss immer wahrer, toller, nein immer unbeschreibbarer werden, im beschreibbaren Bereich. Das muss es. Gucken wir einfach mal. Zumindest weiß ich jetzt schon mal, dass es theoretisch funktioniert, wahres Wissen durch mich selbst. Wenn ich hier ehrlich bin, dann ist das doch bei fast nichts der Fall, bei eigentlich keinem Wissen ist das der Fall. Ich lese Texte. Ich rede mit Menschen. Ich verwende das für mich. Ich verwende für mich, was ich dort erfahre. Muss ich also noch radikaler werden? Geht das denn überhaupt? Ich werde voraussichtlich immer mit der Erinnerung ausgestattet sein. Dies ist vielleicht der Grund für meine sich nicht ändernde Situation. Dann wird sich auch nur schwer etwas ändern können. Aber dafür finde ich meine Definition und Erkenntnis einfach zu gut. Jeder kann sich mal ausruhen. Den Glauben daran werde ich jetzt auch einfach mit nichts hinterfragen.

Eine Sache regt den fühlenden gefühlvollen Philosophen doch auf, zumindest verstehe ich die Ruhe aller Studierenden nur schwer. Jemand erzählt von einer Ideologie oder Weltansicht, will diese vorzugsweise den Hörern näherbringen, doch werden immer nur vier bis fünf Namen zu bekannten Namen behandelt, indem man immer wieder deren aufgeschriebene Theorien erläutert. Ratten fühlen sich dann weise durch Kenntnis zahlreicher zum Thema passender Texte, doch jemals eine Theorie anwenden, dazu wird es nicht kommen. Philosophie ist doch theoretisch, könnte man immer behaupten. Das sehe ich auch so. Aber was bringen mir viele Lebensansichten, wenn ich mich dabei selbst nicht mehr erkenne und ich mich möglicherweise vergleichen wollte? Aus sich heraustreten und sich selbst zu vergessen finde ich gut. Aber super engstirnig zu erforschen, wo der Unterschied zweier Philosophen ist, das ist unnötig. Eigentlich kann ich das nicht so stehen lassen. Man muss auch kleinste Unterschiede aufzeigen, um ein großes Deutungsbild zu bekommen. Dies kann man nur, indem man diese noch so kleinen Unterschiede in einer Gruppe zum Thema macht. Anscheinend regt mich einfach nur das Streben nach perfektem Wissen in der Philosophie auf, denn dies, ich meine behaupten zu können, gibt es nicht und dabei habe ich das Gefühl, wenn ich die belesene Ratte und ihr angelesenes Wissen in Frage stellen würde, würde sie nicht verstehen, warum ich das tun kann. Wahre Philosophen wissen immer, dass sie dumm sind. Das lässt sie überheblich wirken, jedoch macht das meine Sympathie gegenüber ihnen aus. Und Leute sollten verstehen, wenn man manchmal einfach nicht kann. Halt einfach dein Maul. Ich würde dir so gerne in die Fresse schlagen.

Das Gefühl eines guten Abends kann durch ein unkoordiniertes Nichtstun sofort wieder zerstört werden. Der positive Gedanke über alles wird einem häufig schnell wieder genommen. Man versucht zu versinken. Doch ich bin dann zur Erkenntnis gelangt. Die Bedeutung von dem ganzen Wesen der Kunst ist wichtig für mich, das weiß ich jetzt. Komme ich gleich darauf zurück. Doch zuerst einmal, ich habe sehr starke Selbstzweifel. Das ist einfach so. Ich werde nie der sein, der den Ton angibt. Sagen wir, es kommt dabei auf die Gruppe an. Aber in manchen Gruppen bin ich auch einfach nicht der Typ, um lauter zu werden, faszinierend ist, dass ich es in anderen Gruppen bin. Mal funktioniert es, mal nicht.

Ich habe den Faden verloren, von dem, was wir

eigentlich gerade zusammen tun. Nur, dass wir auf einer Reise sind, nur das meine ich zu wissen. Es ist wie das Zupfen von Haaren. An vielem kann man sich probieren festzuhalten, doch wenn irgendwas dich wirklich hält, dann merkst du dies vor dem Versuch es zu ergreifen. Ein überraschender Satz, der meine lange Abwesenheit gut zusammenfasst. Ich habe nichts gemerkt. Ich wurde kurzzeitig geblendet von alten Dingen, von denen ich weiß, dass sie mir auf lange Sicht nicht gut tun, doch den Moment genießbar machen. Selbst meine tiefsten Überzeugungen gehen verloren. Ich scheitere an Erklärungsversuchen für meine Sichten und halte sie deshalb nicht mehr für plausibel. Zeit, um mich selbst wieder zu bestätigen, finde ich nicht. Selbst die Beschäftigung mit philosophischem Gedankengut verliert an Wert. Das phänomenale Jahr deutet ein bedauerliches Ende an. Sollte es sich nicht eigentlich gut anfühlen, wenn in meinem Kopf die totale Leere herrscht? Sollte es dabei nicht egal sein, ob sich möglicherweise die Überfüllung bloß wie Leere anfühlt? Ich würde gerne alles können, doch selbst der Gedanke darüber ist zu anstrengend. Solche Menschen wird man nie verstehen. Wenn man nicht so ist, dann versteht man nicht, wie man so sein kann, und wenn man so ist, dann denkt man nicht mehr darüber nach. Ich meine nicht mehr zu denken und schliddere gerade Richtung Sinnestod. Die Suche nach Befriedigung ist zu schwer. Und sie hört nicht auf.

So traurig es klingen mag, so wahr ist es auch, wenn ich sage, dass ein paar Notizen für mich im Moment mein Leben bedeuten. Formloses Hingefasel, ohne an euch Gesetze zu denken, die einzigen Momente des Guten momentan. Wie soll man die Frage nach dem Wohlbefinden beantworten, wenn man kurz vor dem Suizid steht? Bald besser? Ich muss einfach sagen, dass es krass ist. Dieses Gefühl nur zu starren, wenn alles zu schwer wird, man trotzdem alles am liebsten sofort erreicht haben will, obwohl einfach alles an allem verliert. Wenn die Suche nach dem Sinn zu anstrengend wird, aber man in der Welt nicht einfach so leben will. Vielleicht ist es ganz einfach und der Mensch braucht bloß einen Partner. Wie schon gesagt, es kann ganz einfach sein. Aber hoffentlich ist da mehr drin, mehr Wege. Erstmal muss ich mir jetzt etwas Lustiges angucken. Bitte einmal lachen, bitte.

Ich habe auf jeden Fall mal wieder gelacht. Ein Film als Droge, denn jetzt bin ich wieder da. Da, wo ich vorher war. Bisher nicht tiefer als vorher. Irgendwie bin ich leer. Ich brauche eine Pause. Das Lustige an jedem Ereignis und jedem Tun ist, dass man es immer als gut und auch als schlecht hinstellen kann. Schon allein dieses Phänomen sagt uns doch, dass diese Welt ein süßer bescheuerter Knäuel aus allem und nichts ist. Es macht auch keinen Sinn, dass hier zu schreiben, da ich nichts Konkretes bewirke und mir im gleichen Ausspruch klar wird, dass ich genau dadurch etwas bewirke. Das ist so faszinierend. Heute bin ich alleine durch den Wald gelaufen, und ich weiß seit gestern, wie es sich anfühlt, nicht mehr leben zu wollen, beziehungsweise nicht mehr das machen zu wollen, was ich gerade irgendwie mache. Das wusste ich auch schon vorher, aber gestern habe ich es tief gespürt. Ich habe immer gedacht, wenn ich mich irgendwann mal von dieser Welt entfernen will, dann kann ich ja vorher noch mein ganzes Geld ausgeben und super Dinge unternehmen. Doch wenn man dann an diesem Punkt angekommen ist, dann sieht man darin keinen Wert mehr. Wenn man den Moment gespürt hat, wobei ich gar nicht für alle auf die gleiche Weise sprechen kann, dann geht es nicht intensiver. Ich fühle mich gerade seltsam und besonders, dass ich die Möglichkeit habe, mich im Nachhinein mit diesem Gefühl auseinander setzen zu können. Gleichzeitig habe ich Angst vor der Wiederkehr. Manchmal kommen eben auch so Hoffnungen in einem hoch, man könne mit dem was man schreibt, anderen helfen. Aber letztendlich sind alle anderen auch nur das, was ich nicht begreifen kann. Das Unbegreifliche. Jetzt muss ich mir wiederum die Frage stellen, ob ich denn das Unbegreifliche einfach so pauschal nennen kann? Damit mein ich nicht, dass das Wort und unsere Sprache an sich für die Benennung zu schwach sind, das sollte klar sein. Ich meine damit, dass ich das Unbegreifliche nicht bezeichnen kann, da ich ebenfalls dazu gehöre. Jetzt wird es magisch. Wenn wir uns etwas Unbegreifliches vorstellen, dann kann man an viele Farben denken, man denkt an unendlich viele Möglichkeiten. Unsere Auffassung ist dem nicht gewachsen und wird dem nie gewachsen sein. Der Raum zwischen allem Sichtbaren, wenn man an dieser Stelle probiert, sich verständlich zu äußern, ist so ein Raum. Wir nehmen ihn als nicht vorhanden war und somit kann in ihm alles sein. Er selbst kann alles sein und in ihm kann alles sein. Ich beschreibe diesen möglichen Raum als besonders, weil ich nichts über ihn weiß und er alles sein könnte. Ich fühle mich eingeschränkt, diesen Raum überhaupt erfassen zu können. Ich kann in einer Sache entweder immer nur eine Sache sehen oder sie nicht sehen. Wenn ich also das Unbegreifliche als etwas in der Welt Vorhandenes beschreibe, akzeptiere ich, dass es eine Welt für mich gibt, die einigermaßen begreifbar ist. Die andere Möglichkeit wäre, dass ich nicht akzeptiere, dass es eine Welt gibt, die ich verstehe und über die ich etwas wissen kann. Wenn dies so ist, dann rutscht die Welt, also jedes Haus, jeder Mensch, jede Meinung, jedes Kommunizieren in den Begriff des Unbegreiflichen. Dies würde bedeuten, dass ich selbst und alles, was ich mit den gewohnten Sinnen erkennen kann, sehr bunt werden würden. Durch die Annahme, keine Gewissheit über irgendetwas zu haben, mache ich die Welt und mich selbst zur Unbegreiflichkeit. Damit verknüpfe ich meine Gefühle, die fast immer die letzte Antwort auf alles sind, mit dem Unbegreiflichen. Somit mache ich mir das Unbegreifliche zu einem spürbaren Element, welches von allem Existierenden gespürt werden kann. Der skeptische Blick auf unsere gespürte Welt macht uns somit zu Superhelden. In dem Zweifeln an allem steigen wir selbst zu dem Höchsten auf. Da es mir mit dieser Erkenntnis in diesem Moment sehr gut geht, muss ich die andere kurz verwerfen. Es hatte sich bisher immer logisch angefühlt zu akzeptieren, dass es etwas gibt, das wir nicht begreifen können. Da ich dies immer von der Welt getrennt habe, in der wir leben, habe ich nie den Bezug zum Leben verloren. Das Unbegreifliche war Irgendetwas, was besonderer als Alles war. Zu wissen, dass es dies gibt und gleichzeitig die Welt zu akzeptieren hat sich wie Stärke und unbegrenztes Wissen angefühlt. Doch jetzt schließt sich ein Kreis. Das ist nicht immer ein gutes Zeichen, aber gerade fühlt es sich sehr gut an. Ich will es kurz noch einmal erläutern. Ich gehe von mir aus, beziehungsweise von jedem, der diese Schrift versteht. Du zweifelst an Allem. Bin ich der einzige, der das Haus oder die Farbe so sieht? Gibt es überhaupt alles außerhalb von mir? An dieser Stelle könnte man eine unendliche Schlange von Fragen einfügen. Du willst einfach keine Festlegung akzeptieren, da diese gegen den Wunsch nach Buntheit ist und der Schein von Verblendung gefühlt wird. Sei es so oder auch eben nicht, eine Möglichkeit von vielen ist es, an dem Wahrgenommenen zu zweifeln. In dem Zweifel wirst du bemerken, dass du für nichts eine Begründung außerhalb des Wahrgenommenen finden wirst. Somit entlarvst du das Wahrgenommene bei dem Versuch, sich durch sich selbst zu entlarven. Da eine Begründung durch sich selbst unhaltbar ist, verliert das Wahrgenommene an Bestimmtheit. Es könnte somit auch komplett anders sein, da es keinen Grund dafür gibt, dass es so ist, wie wir es wahrnehmen. Auch die Anzahl der Formen, die das Wahrgenommene annehmen könnte, ist nicht begrenzt. Somit ist das Wahrgenommene auf einer Stufe mit dem Unbegreiflichen. Da wir uns selbst als einen Teil des Wahrgenommenen wahrnehmen, begeben wir uns ebenfalls auf diese Stufe. Zu Beginn hast du an Allem gezweifelt. Alles müsste nicht so sein. Jeder glaubt eine Welt vor sich zu haben, die so ist, wie man sie wahrnehme. Gefestigte Sicht. Unser natürlicher Trieb scheint es also zu sein, möglichst zu fühlen, dass wir begreifen können, da uns das Unbegreifliche nur schadet, beziehungsweise nichts bringt, da wir es nicht zuordnen können. Es entzieht sich jeder Festlegung. Es ist bunt, wild und mächtig. Durch den Zweifel begeben wir uns auf dieselbe Stufe. Wir sind ein Teil von dem Unbegreiflichen. Wir sind also mannigfaltig und bunt und wild und besonders und mächtig und genial und alles, was möglich ist, wobei nichts unmöglich ist. Nicht mal das. Die Zugehörigkeit zum Unbegreiflichen macht mich zu einem kleinen Grashüpfer, der von Hochhaus zu Hochhaus springt. Ich bin frei durch mich in mir und Allem. Ich setzte dabei die Fähigkeit voraus, dass ich auf unendlich viele Weisen die Welt sehen kann. Dies, so hoffe ich, scheint dadurch bewiesen, dass jeder, der anfängt an der wahrgenommenen Welt zu zweifeln, erkennt, dass er bis zu diesem Zweifel nicht gezweifelt hat und die Welt somit anders erkannt hat. Der Beginn des Zweifels liegt immer auf der Leiste der Zeit. Die Zeit weist keinen Anfang und kein Ende auf, somit gibt es unendlich viele Möglichkeiten des Beginns, bedingt durch unterschiedlich lange Akzeptanz.

Ich glaube, das war ein guter Schritt. Er kam für mich gerade sehr überraschend. Der Zweifel, den ich in mir trage, er macht mich stark. Ich fühle mich weise, einfach, weil es möglich ist.

Somit ist es gar möglich, über das Unbegreifliche, für das unsere Sprache viel zu klein zu sein scheint, zu reden, da wir uns in dem Reden nicht dem Unbegreiflichen entziehen und uns immer in ihm bewegen. Schließlich ist es ebenso möglich, dass zwei Mieter über das Baudatum des Wohnhauses diskutieren.

Die Trennung zu erkennen und sie gleichzeitig zu verkennen macht uns zu Giganten.

Ich bin überwältigt!

Dann wird mir schwindelig, kotzübel und alles was so klein erschien nimmt mich vollkommen ein und zerstört mich. Man kann doch nicht immer alles locker sehen. Wie soll das gehen? So werde ich doch nichts. Es zerreißt meinen Kopf. Ich krampfe auf dem Boden im Büro. Lächerlich. Ich bin benebelt. Ich habe die beklemmende Verrücktheit hinter mir gelassen, doch trotzdem kann ich mich mit nichts anderem beschäftigen. Wahnsinn. Hilfe. Gerade ist es scheiße. Wie meine Erkenntnis für mein Leben einfach in meinem Leben kaum eine Bedeutung hat ist erschreckend. Sie muss mir doch helfen.

Durch beenden eines Abschnitts beginnt nie ein neues Leben, es bleibt dasselbe, ohne Veränderung an sich selbst. Es ist häufig schwer einen neuen Abschnitt zu beginnen. Eine große Hoffnung meinerseits an die Welt ist: Möge das Gute und das Schlechte nie dieselbe Sache beschreiben.

Ich will mich einfach in etwas Neues stürzen. Es muss ganz leicht gehen.

Wieso fehlt mir jetzt die Kraft dazu? Das, was ich probiere hinter mir zu lassen, raubt sie mir. Das macht einfach keinen gesunden Sinn.

Eine lange Zeit der Abwesenheit liegt hinter mir. Ich habe dieser Sache lange keine Aufmerksamkeit geschenkt. Ich hatte gedacht, alles verstanden zu haben. Dadurch wurde alles nur schlimmer. Mir wurde gesagt, und das habe ich mir sehr zu Herzen genommen, ich würde mich stark selbst reflektieren und kaum sein. Zudem würde ich eine hohe Auffassungsgabe, eine Beobachtungsgabe haben. Das glaube ich auch.

Ist in meinem Kopf also zu viel? Nicht im Sinne von Wissen, sondern einfach von Hinterfragung und Durchdenkung. Ich kann das aber nicht abschalten. Aber es ist doch das einzige, das mich hält. Ich kann sonst nichts. Und von dem, was ich kann, habe ich dann eigentlich doch keine Ahnung. Ich kann niemandem etwas zeigen. Ich bin nicht der, der gut malt, der gut Sport macht oder der, der gut tanzen kann. Ich bin einfach nur der, der so aussieht, aber es nicht ist, der aussieht, als könne er Musik machen, der auf eine bestimmte Art und Weise wirkt, aber keine Weise dahintersteckt. Es kommt einfach nichts mehr nach dem ersten Hallo. Das ist einfach zu heftig für mich. Ich komme damit einfach nicht klar, obwohl andere sagen würden, dass ich auf einem hohen Niveau jammere. Aber ich fühle nun mal so. Ich kann einfach nicht anders. Ich würde so gerne einfach so sein wie ich bin. Aber ich will ein Extrem sein, und das am besten in alle Richtungen. Dann wache ich wieder auf und mein Traum bringt mich fast um. Ich will schlagen und einfach nicht mehr in der Welt sein. Außerhalb dieser Welt heißt dann vielleicht auch außerhalb der Gefühle. Es macht mir keinen Spaß mehr. Aber das kann doch einfach nicht richtig sein. Wenn ich mit Menschen in Kontakt bin habe ich das Gefühl, dass ich mich selbst entfremde, indem ich das tue, was ich für normal halte. Ich komme mir nicht real vor. Als würde ich alles im stolpernden Vorbeirennen erledigen. Meine Konzentration ist eigentlich nie vorhanden. Außer in diesen Momenten, wenn ich hier bin. Ich suche eben für alles eine Begründung. Alles muss cool sein. Ich habe mir auch gedacht, dass die einfache Überschrift „Verrückt werden werden" gut passen würde. Oder „Künstler werden". Das ist ein unersättlicher Zwang, der alles kaputt macht. Ich würde ja sagen, scheißt auf Begründungen, aber ich selbst bin gerade wieder ganz unten, obwohl eigentlich gar nicht so viel scheiße ist.

Eigentlich gibt es so viel Tolles. Ich werde mich anstrengen. Ich werde nach neuen Erkenntnissen suchen. Oder einfach mal leben. Aber mit einem Augenzwinkern weiß ich, dass das nicht so laufen wird. Aber ich habe die Voraussetzung, die Welt mit einem durchdachten Augenzwinkern zu betrachten und sie zu durchleben.

Innerhalb meines Seins suche ich nach etwas Größerem, nach der Bestätigung meines Seins. Wenn ich diese hätte könnte ich mich mit dem Sinn des Seins befassen. Im Moment kann ich mich nur mit dem Sinn von dem Gefühl des Seins auseinandersetzen. Das wird sich voraussichtlich auch nie ändern.

Ich kann nicht verstehen, wie man eigentlich alles haben und sich gleichzeitig so leer fühlen kann. Man hat genug Zeit für das, was man tun muss und auch für das, was man tun will. Beides passt super in den Tag. Aber irgendwas baut eine Wand hinter die Stirn, die alles Wege zur Bewegung abschneidet. Als hätte man eine Sucht nach irgendwas, die einen beklemmt. Doch nach was bin ich süchtig? Nach was bin ich süchtig? Ich will es einfach wissen um dagegen anzukommen. Ich komme nicht weiter.

Jeder fängt einmal an, seinen Horizont zu erweitern. Das hoffe ich zumindest. Vielleicht wäre es aber auch einfach am besten, wenn niemand diesen Schritt gehen würde. Von mir selbst behaupte ich, diesen Schritt getan zu haben. Ich kam wieder und habe andere Menschen als stark eingeschränkt empfunden. Dieser Gedanke ging so weit, dass ich es für möglich gehalten habe, dass manche Menschen nur für andere existieren, um sie zu formen und zu beeinflussen. Abgesehen von der Möglichkeit der grausamen Verwendung dieser These für falsche Dinge schien mir das zu der Zeit als sehr gut möglich. Ich werde auch nie wissen ob es stimmt. Es ist nur einfach so, dass ich manchmal das Gefühl bei Menschen bekommen habe, sie seien einfach nur da. Ich habe in ihnen und ihrem Leben keinen Sinn gesehen, außer, dass ich sie irgendwie wahrnehme und ich mich von ihrem Handeln beeinflussen lasse.

Jetzt, in der Zeit, in der sich das ganze Leben wie ein schlimmer Kater vom Leben anfühlt, denke ich nicht mehr so. Ich glaube an ein Stufensystem. Man durchläuft in seiner Horizonterweiterung mehrere Stufen. Damit meine ich einfach gesagt, dass ein Arbeiter die Stufe der großen Spiritualität schon durchlaufen haben kann. So kann ich probieren alles zu lieben.

Heute war es wieder so weit. Ich bekomme einen Anstoß und aus dem nichts kommt etwas. Du denkst und denkst und kommst dem Ganzen ein bisschen näher. Kommst du so dem Ganzen ein bisschen näher? Viele Verbindungen sind verknüpft, deren Verbindungen man allerdings nicht versteht. Zumindest hat man sie noch nicht gefunden. Manchmal kann ein Gespräch so gut tun. So viele neue Fragen entstehen. Ist ein Atom ein Teil meines Unbegreiflichen? Ich muss also mein Unbegreifliches noch weiter und genauer in seiner Ungenauigkeit definieren. Ich habe vor die drei Wege des Klarkommens zu verfassen. Ich finde es gut. Aber ich will besonnener vorgehen. Komme ich also wieder zurück. Welche Frage irgendwie auch sehr entscheidend ist, ist die Frage, warum ich das Unbegreifliche so toll finde? Ich habe mit ihm belegt, warum der Zweifel an der wahrnehmbaren Welt gut ist. Ich bin der Meinung, dass ich durch es über alles sagen kann, warum es gut ist. Jetzt suche ich danach, warum ich es selbst gut finde. Ist das nicht ein Paradoxon? Theoretisch müsste ich also das Besondere an dem Unbegreiflichen durch das Unbegreifliche selbst erklären können. Allerdings liegt die Aufmerksamkeit, die nur wegen irgendeiner unbestimmten Besonderheit des Unbegreiflichen auf dieses selbst erst gelangt ist, vor der Bewunderung des Unbegreiflichen. Irgendwo muss der Grund für die geringste Aufmerksamkeit liegen. An dieser Stelle muss ich eines noch anführen. In dem Unbegreiflichen ist nichts davon enthalten, was wir auf irgendeine Weise wahrnehmen können, jedoch auf eine andere Weise nicht begreifen können. Unendliche Größen des Mondes liegen also außen vor und gehören zum Wahrnehmbaren. Noch eine Sache ist wichtig. Immer, wenn ich meine Sätze ein paar Mal denke, dann kommt mir meine Ausdrucksweise sehr kindisch und dumm vor. Ich würde mich gerne kompliziert und intelligent anhören. Zumindest fände ich Wörter toll, die ich auf eine elegante Weise für das Unbegreifliche und das Wahrnehmbare einsetzen könnte. Bisher war ich mir sicher ich will auf die Art weiterschreiben, mit der ich bis jetzt geschrieben habe. Das bin ich mir auch jetzt noch. Doch stelle ich gerade bei der eben genannten Tatsache fest, dass das Wort des Unbegreiflichen, abgesehen davon, dass kein Wort jemals passend sein kann, nicht ganz passend ist. Viele Dinge in unserem Wahrnehmbaren sind für uns unbegreiflich, doch zähle ich sie nicht dazu. Für den neuen passenden Begriff will ich mir allerdings gerade ein bisschen Zeit lassen. Zumindest will ich nichts überstürzen. Kommen wir zurück zum Atom. Atom ist ein Begriff, den wir ganz nebenbei für etwas verstehen, was wir niemals gesehen haben. Ich kenne mich auf dem Gebiet dieser Forschung nicht gut aus. Ganz ehrlich gesagt weiß ich nicht einmal wie diese Forschung heißt. Mache ich jedoch mit dem bisherig verwendeten Begriff des Unbegreiflichen das gleiche, was wir alle schon so lange mit dem Begriff des Atoms machen? Ich führe einen Namen für das ein, was ich nicht fassen kann. Aber es kann doch nur eine Sache geben, die alles Unfassbare beinhaltet, mein bisheriges Unbegreifliches. Jedoch hätte ich bis jetzt nie ein Atom dazu gezählt. Ein Atom hat für mich immer zum Wahrnehmbaren gezählt. Vielleicht haben wir nicht die Fähigkeit ein Atom zu fassen, jedoch können wir eine Vielzahl von Atomen sehr wohl fassen, in allem sehen, was wir sehen. Andererseits kann man sich auf nichts berufen, dass man im Einzelnen nicht fassen kann. Selbst wenn der Mensch das Atom fassen kann, bahnt sich in mir gerade die Angst, dass sich in unserem Sprachgebrauch unendlich viele Dinge finden lassen, die wir nicht fassen können. Dabei will ich auch nur Nomen in Betracht ziehen. Alles andere wäre Quälerei. Eigentlich eine schöne Vorstellung, dass das Unbegreifliche ständig unter uns ist und von jedem verwendet wird und verwendet werden kann. Naja, aber würde ich diese schöne Vorstellung gelten lassen, dann wäre das Unbegreifliche nicht mehr das Unbegreifliche. Ich kann nur glauben, dass es allgegenwärtig ist. Ich finde es ist gerade wieder eine super aufregende Phase, die mir den Schlaf raubt, die mich trotz heißem Kopf denken lässt, beziehungsweise irgendwas machen lässt. Irgendwie müsste ich mir mal eine Tabelle oder ein Konzept erstellen, auf dem ich anzeige, welche Wörter wie gemeint sind und ob ich bei manchen Wörtern überhaupt etwas meine. Bei den meisten Wörtern aber gilt, dass ich sie so meine, wie sie verstanden werden. Das ist in dieser Hinsicht die einzige Festlegung, die Sinn macht.

Jetzt bin ich wieder so leer. Gestern noch wurde mir von der Leere in den Dingen, die physikalisch vorliegt, erzählt. Mit Begeisterung. Das war schön. Und eine Bewegung wurde mir nahe gebracht. Das ist schön. Jetzt sitze ich hier und bin wieder fertig. Zu fertig um keine Lust mehr zu haben. Es ist einfach nicht alles so, wie es ist. Es ist einfach nicht so. Ich würde so gerne gerade einfach mit dir einen Film gucken und kuscheln. Ja kuscheln. Mich irgendwie nicht alleine fühlen. Aber ich glaube, dass ich mich mit mir selbst alleine fühle. Ich für mich selbst bin alleine. Daran ändert auch keine Nähe etwas. Vielleicht einfach nur Ferne. Alles aus den Augen verlieren. Dabei habe ich gerade die Befürchtung alles aus den Augen zu verlieren. In den nächsten Tagen muss ich mich unbedingt wieder meiner Forschung widmen. Ich muss weiterkommen um zu zweit zu sein. Ich für mich muss zu zweit sein. Ich muss das können. Ich habe vergessen wie es ist, nie alleine zu sein. Es ist einfach weg.

Jetzt höre ich immer diese Stimme im Nachklang. Man fühlt sich bei den Leuten nie als gleichwertig betrachtet, obwohl es einfach daran liegt, dass man zu viel fühlt. Das macht mich fertig. Ich sehe mich gerade schon neben meinem Text sitzen. Du bist mein Freund, zu dir komme ich immer. Ich bin wirklich froh, dass ich dich gefunden habe. Und dann sitze ich in einem Raum, nur mit dir. Ich sitze neben dir und auf dir. Du bist überall. Stellt euch das doch einfach mal vor. Entweder würde es mich zerquetschen oder befreien, wenn ich raus gehe. Ich würde mich selbst in einer Performance abschließen. Das wäre gut. Allerdings bin ich noch nicht bereit dafür.

Wo ist der Punkt, an dem man von Eigenschaften zum Begriff der Kunst selbst überspringen kann? Das Kunstwerk in dem zu sehen, was ich nicht begreifen kann ist nicht schlecht, aber zu wenig. Zudem möchte ich den Begriff ändern. Der Begriff des Unbegreiflichen ist eigentlich eher der Begriff des Unfassbaren. Allerdings kann ich mir das Unfassbare immer noch vorstellen. Somit ist es für meine Gedanken noch in Reichweite. Dann müssen wir einen Begriff finden, der sich allem entzieht. Wie wäre es mit dem Unvorstellbaren? Es entzieht sich allen Sinnen und auch der Geist kommt dabei an seine Grenzen, denn die Vorstellung von etwas ist wohl das Abstrakteste überhaupt, innerhalb unserer Wahrnehmung. Eigentlich ist die Heuristik mein Mittel. Ich habe das nicht gewusst, dass es dafür einen Namen gibt. Na gut, jetzt weiß ich es. Was mir jetzt klar wird, ist, dass es eigentlich drei Ebenen gibt. Die des Wahrnehmbaren, die des Unvorstellbaren und die der Begriffe. Es ist keine neue Erkenntnis für die Allgemeinheit, jedoch muss ich erstmal selbst darauf kommen. Das Wesen von Begriffen ist einfach nicht zu greifen. Trotzdem gibt es Begriffe. Wenn ich die Ebene der Begriffe zu dem Wahrnehmbaren zählen möchte muss ich es begründen. Das kann ich im Moment nicht. Im Moment will ich mich mit dem Kunstbegriff beschäftigen. Was ist an dem Begriff der Kunst so besonders? Jetzt merke ich, dass es sich dabei auch um einen Begriff handelt, ein Kunstbegriff. Wofür sind Begriffe da? Wie nehmen wir Begriffe wahr? Also bewege ich mich im Wahrnehmbaren. Begriffe nehmen wir als Verständnis wahr. Begriffe dienen der Ordnung und Zuordnung. Sie äußern sich also in Dingen, die ich sehr wohl spüren und fühlen kann. Ich fühle mich sicher, wenn ich weiß, was ich mit Begriffen meine, die ich verwende. Ich fühle mich eventuell klug oder nicht klug, wenn ich Begriffe gekonnt anwenden kann. Geht es bei der Anwendung noch um das Wesen der Begriffe? Ja. Das Wesen vieler Dinge äußert sich nur in der Anwendung und Erfahrung. Die höchste Vorstellung ist dort, wo sie selbst nicht hinreicht.

Es ist nun lange her, das muss ich anmerken, dass ich geschrieben habe. Ich habe lange gebraucht um wieder einmal den Zeitpunkt zu finden, um zu schreiben, was meist so sinnlos erscheint. Ich habe das Gefühl, ich bin nun wieder etwas schlauer darüber, was das Leben bedeutet. Zumindest habe ich das Gefühl und zumindest fühlt es sich gut an. Diesmal fühlt es sich gut an. Ich habe viele Punkte übersprungen, wenn ich nun dort weitermache, wo ich mich jetzt befinde. Doch ich will auch gar nicht zurück. Ich habe erfahren wie es ist, keinen Ausweg mehr zu kennen. Ich habe jegliche Urteile gegenüber Menschen verloren, die sich ihr Leben genommen haben und dadurch Schäden bei anderen, bei Liebenden, verursacht haben. Ich habe es gefühlt. Gott sei Dank nur in meinem Bett auf der anderen Seite der Welt. Ich war nicht allein, also war es mir unangenehm mich zu bewegen, was gut war. Ich bin noch hier. Um es kurz zu fassen: Ich habe nicht mehr darüber nachgedacht wie es sein könnte, sich umzubringen, meine Gedanken waren bereits dabei es zu tun.

Zu diesem Zeitpunkt hatte ich wieder Angst vor mir selbst, ich hatte Angst davor, dass der Tag zur Nacht würde. Die unglaubliche Angst, wieder in einen Angstzustand zu fallen, war allgegenwärtig. Und sie war immer da. Zwangsneurosen und all die anderen Dinge sind überhaupt nicht mehr das Thema, über das ich mich momentan unterhalten will. Ich bin wieder da, wieder bei mir, falls ich dort jemals war. Ich habe mich selbst ein wenig kennengelernt. Kann ich jedem nur empfehlen, es ist unfassbar wie toll man sein kann. Das hat nichts mit Arroganz zu tun. Es ist einfach entspannt zu wissen, dass es überhaupt nicht darum geht. Es wird immer gesagt, es ist dein Leben, du musst deinen eigenen Weg gehen und finden. Dieser Satz klingt so banal. Doch wenn man ihn einmal wirklich verstanden hat, wenn man das Gefühl hat, ihn verstanden zu haben, dann macht er Sinn. Scheiß auf die anderen und aufs Umfeld. Zuerst du, dann die anderen. Du kannst nur wirklich gut zu anderen sein, wenn du es zu dir selbst bist. Im Moment verspüre ich so viel positive Energie. So viel Frieden, Liebe und Glückseligkeit. Aber genau das ist es auch. Man muss nur die Lücke im Kreis finden. Mir wurde gesagt, Europa sei fertig. Sonst wo kann man sich noch in eine Lücke zwängen. Deshalb müssen wir vielleicht reisen. Um die Lücke zu finden. Ich sehe dies als durchaus realistisch an. Nichts sollte ein Wettkampf sein und wir müssen erkennen, dass wir alle eins sind, zusammen auf der Erde, zusammen in der Welt. Andere sind für mich gleichzeitig mit meiner Wandlung wichtig geworden. Es gibt andere, das ist nun mein Gefühl und es macht mich froh.

Oder zum Beispiel die Arbeit. Sie ist zwar da, aber ein Mann hat mir aus einem Buch erzählt, dass hart arbeiten nicht funktioniert. Bill Gates und all die anderen würden genau die gleichen Dinge tun, wenn sie dafür keinen Cent bekommen würden. Wir müssen das tun, von dem wir leidenschaftlich begeistert sind. Das müssen wir tun. Ich quetsche gerade alles so schnell aufs Papier um nichts zu vergessen. Aber das wird sich auch bald wieder beruhigen. Ich glaube, ich will ein Buch schreiben. Ich glaube, dass sich das gut anfühlen würde.

Das schwere daran, ein kompletter Gutmensch zu sein, ist, dass man selbst die, die nicht verstanden haben, dass es nicht nötig ist, sich zu beweisen, nicht zu verurteilen als Menschen, die es nicht verstanden haben, worum es im Leben geht. Wenn man ehrlich ist, dann geht das nicht zu hundert Prozent. Es gibt immer Momente mit Menschen, in denen man denkt, dass bei dem Lebensverständnis dieser Person viel falsch läuft. Wie dumm kann man eigentlich sein? Manchmal eine sehr berechtigte Frage. Ich habe nach langem Überlegen die Schlussfolgerung gezogen, dass man alles richtig macht, solange man glücklich ist. Diesen Tipp, oder auch die Aussage genannt, kann man für mich jedoch nur auf bestimmte Personengruppen beziehen, die nach meinem Gefühl ein Gefühl für andere haben, denn ansonsten funktioniert es nicht. Manche Menschen können einen selbst einfach zu sehr aufregen. Ich wurde gestern aus einer Bar geworfen, aus dem Grund, dass es im Englischen nicht möglich sei, „meeting yourself" zu sagen. Wer bei solch einem Satz auf die Grammatik achtet, und dabei ausblendet, wie kraftvoll diese Aussage eigentlich ist, der hat sich eben noch nicht selbst getroffen. Ich wusste nie, dass ich viel von der Welt und vom Leben verstanden habe, weil ich es einfach nicht gedacht habe. Ich habe mich immer viel mit verrückten Fragen auseinandergesetzt. Mir wurde oft gesagt, dass ich mit meinen wenigen Jahren Lebenserfahrung schon sehr viel weiß. Ich habe das nie verstanden, weil ich schon immer in diesem Netz aus Theorien und Fragen war. Und ich hatte auch oft das Gefühl, dass dies alle Menschen tun, denn meine Gesprächspartner waren immer genauso involviert. Gestern wurde mir dann von oben gesagt, dass es eben doch besonders ist. Ich hatte einen Menschen vor mir, mit dem ich einfach nichts anfangen konnte. Reisen bildet, hatte ich gedacht. Diese Person kam aus einem anderen Land und konnte selbst die Sprache seines Wohnlandes nicht und trotzdem, ich konnte mich nicht länger als drei Minuten mit ihm unterhalten. Anfassen durfte ich ihn auch nicht. Ich muss jetzt nur lernen, daraus etwas Positives zu ziehen. Dann bin ich dem, um das es mir geht, schon einen wichtigen Schritt weiter.

Manchmal, eher häufiger, denke ich darüber nach, wie es sein würde, wenn jemand diese Worte liest. Am besten jemand der mich kennt, am besten jemand, der mir in der Vergangenheit viel bedeutet hat und zu dem ich lange keinen Kontakt mehr hatte. Ich weiß nicht, ob ich als verrückt bezeichnet werden will oder als klar und dumm. Ich denke immer im Guten an alle, die mir etwas bedeutet haben und denen ich etwas bedeutet habe, manchmal auch die Welt. Deswegen fühle ich mich gerade so schlecht. Ich liebe eine Person und kann sie trotzdem nicht anfassen. Nicht, weil sie es nicht will, sondern weil mein Kopf Tauziehen mit meinen Gefühlen spielt. Ich muss sagen, dass mein Kopf gewonnen hat, jedoch ist meine Entscheidung am Ende durch mein Gefühl gefallen. Sind Gefühle also Kopf oder Herzenssache? Zwei Menschen treffen sich und beschließen ihr Leben lang aufeinander zu warten, ein romantisches Ende. So etwas gibt es nicht zweimal, zumindest für jeden einzelnen nur einmal. Ihr alle solltet mal probieren einfach zu schreiben. Wir sind alle zusammen hier und es gibt überhaupt keinen sinnvollen Grund uns zusammen nicht die schönst mögliche Zeit zu machen. Es gibt keinen sinnvollen Grund. Immerhin könnte es allen gut gehen. Wir brauchen einfach ein bisschen mehr Nähe. Nähe, der wir nicht ausweichen können. Aber natürlich ist es schwer alle auf dasselbe Level zu bringen, aber irgendwann wird das passieren. Dieser Moment, diese Sekunde, ist gerade das erste Mal, dass ich über so etwas nachgedacht habe. Eigentlich ganz schön.. Ich will jetzt einfach ein Buch schreiben. Ein Buch mit Klasse, mit Magie und viel Erleuchtung am Ende. Aber wie kann man es bitte als Autor aushalten bis zum Ende mit dem Ende zu warten? Das ist die wahre Kunst des Schreibens. Ich sitze gerade an meinem Schreibtisch und jeder Gedanke ist wie ein lauter Schrei. Ich fühle mich wie leicht gelähmt und jedes Wort, welches durch meinen Kopf geht ist super laut und es wird geschrien. Das Schreiben ist das einzige, was ich probieren kann, um es zu stoppen. Mir

104

wird schon schlecht von den Schreien. Ich hatte sie schon einmal beschrieben. Es ist aber gerade super verrückt und sehr stark und hält vor allem momentan sehr lange an. Lederrucksack! Das ist das Thema gerade. Darüber wird gestritten, doch eigentlich gibt es keinen Grund zu schreien. Aber es ist so laut. Ich sitze ganz ruhig hier und wenn man sich das von außen angucken würde, dann wäre es ein sehr ruhiges Plätzchen. Leichte Kopfschmerzen hat jeder mal. Jetzt überlege ich einfach nur, was ich heute Abend essen soll. Man hat immer Termine, zumindest meistens. Während Terminen ist man nie alleine. Nun ist also jeder Moment, in dem wir nicht alleine sind, ein Termin. Unser Problem heute ist, dass wir von einem Termin zum nächsten hetzten, die Zeit dazwischen für uns kein richtiges Leben mehr ist. Sie ist zwar da, wird aber nicht erlebt. Wie soll sich aber jemand kennenlernen, der die Zwischenräume nicht erlebt? Die Einsamkeit bringt uns erst zu uns, weil wir nur in ihr die Ruhe haben, die Zweisamkeit zu verarbeiten.

Im Moment wollen viele Menschen mit mir über Dinge reden, die einen tieferen Sinn haben, die größer sind als wir beschreiben oder verstehen können, doch ich bin dazu gar nicht bereit. Ich habe das Gefühl, ich habe mit diesen Themen abgeschlossen. Ich probiere einfach in allen Momenten mit dem Moment glücklich zu sein und alles ruhig zu betrachten. Ich weiß nicht, warum alles wieder zu mir kommt, was mich vorher belastet hat. Manchmal interessiert es mich ja auch, aber das kommt nicht kontrolliert, das kommt einfach aus meiner Stimmung heraus.

Ich bin gelassen geworden. Ich habe nicht mehr die Angst, dass ich verloren bin oder keinen Sinn mehr habe, wenn meine Seiten gelesen werden. Es ist alles cool. Gestern Nacht war nicht so cool. Einfach nur wegen einem Satz, den ich selbst gesagt habe, der mich heute noch stört. Ich war tanzen, zumindest mit Leuten da, wo man hingeht, um zu tanzen. Der Alkohol und das Gras haben bei mir nicht richtig angeschlagen und so war ich eher fertig als bereit. Dann sollte ich tanzen mit einer sehr coolen Freundin. Das Einzige, was ich dazu sagen konnte war: „Ich brauch noch irgendwas!". Als könnte ich ohne keinen Spaß haben, zumindest meine Hülle nicht fallen lassen. Ich habe mich dumm gefühlt. Richtig erbärmlich. Da habe ich gemerkt, dass ich noch nicht da bin. Die Leute hier sind einfach eine Nummer zu groß. Ich hatte diese Meinung eigentlich völlig aus meinem Kopf vertrieben, doch sie blieb haften, einfach so.

Um uns selbst zu lieben, müssen wir lernen, zu lieben, was wir nicht sind.

Es verschiebt sich immer mehr, was ich einfangen möchte, auf was ich hinweisen möchte. Frühere Systeme, die ich mir von der Welt aufgebaut hatte, ergeben keinen Sinn mehr, in meiner jetzigen Position. Ein klein bisschen schade finde ich das schon, da ich für manch Eindeutigkeit meiner Thesen damals sehr brennen konnte. Das Unfassbare war ein großer Teil meines Lebens. Heute finde ich so viele, für den Einzelnen besser zu verstehende Dinge, bereits unfassbar. Meine neu entbrannte Faszination gilt etwas, das nicht in Worte zu fassen ist. Wenn man in eine Stadt kommt, die man vor langer Zeit regelmäßig besucht hat, in der man Liebe gespürt hat, dann hat man ein Gefühl. Es umgibt einen etwas, was sich unglaublich anfühlt, was man nicht beschreiben kann, das alle Dimensionen durchbricht, in diesem Sinne jedoch mit dem Raum in Verbindung steht. Man arbeitet an einem Ort, man wird jeden Morgen gegen 4:30 Uhr von dem gleichen Ton geweckt. Zwei Jahre später wartet man in einer Arztpraxis auf der anderen Seite der Welt und man bekommt ein Gefühl, ein Gefühl, das Raum und Zeit durchbricht. Es sind Erinnerungen, die man damit verbinden kann. Sie sind jedoch nicht existenziell, da man nicht immer wissen muss, woher man diesen Ton kennt. Diese Besonderheit, die immer wieder in unserem Leben auftaucht, will ich zu genießen lernen. Es Besuch in Prag, einer wunderschönen Stadt, lässt mich etwas fühlen. In dem ich die Stadt für schön halte, lässt sie mich etwas spüren. Das, was dann zwischen mir und der schönen Stadt ist, das will zeigen, wie faszinierend unser Kosmos, unsere Welt, unsere Aufnahmefähigkeit ist.

Ich muss sagen, ich war lange nicht mehr hier. Ich habe lange nichts mehr geschrieben. Ich habe einfach gar keinen Sinn darin gesehen. Wahrscheinlich kam dieser Spruch schon einige Male. Doch ist es mir wichtig, dass jeder weiß, dass es eine Pause zwischen den Dingen gab, dass man viel erfahren kann, wenn man nicht jeden Schritt reflektiert. Allerdings bin ich da nicht ganz rausgekommen. Ich merke viel, spüre viel, ich sehe es als schlecht an. Ich erkenne, wenn jemand total unsicher ist, ich kann genau den Grad von Zufriedenheit einschätzen, den bestimmte Menschen bei den Sachen, die sie tun, verspüren. Ich habe das Gefühl, dass ich Dinge mitbekomme, ohne die ich mich mehr auf mich konzentrieren könnte, ohne die es mir besser gehen würde, denn so fehlt mir immer jeglicher Antrieb, etwas zu tun und ich komme auch nicht daraus, aus dem Grund, dass ich die Visionen von bestimmten Lebensarten und die Lebensarten anderer so interessant finde. Aber daraus mache ich nichts. Ich sehe das nicht als tolle Fähigkeit an. Ich habe keine Fähigkeit, die nicht auch ein anderer haben kann. Aber damit komme ich jetzt eigentlich zurecht. Ich finde zumindest das Schreiben eine ganz tolle Befriedigung. Man kann dabei produzieren und man merkt gar nicht, dass man nur Dreck macht. Bei einem Bild merkt man beim ersten Strich, dass es nichts wird. Man merkt es sofort. Bei einem Buch hingegen kann man hundert Seiten geschrieben haben. Wenn sie verdeckt als Stapel vor einem liegen wird man nie merken, dass es damit nichts wird. Genau das werde ich jetzt auch tun, ich werde weiter schreiben, aber nicht hier, schon ein bisschen traurig. Ich merke immer wieder, dass ich Dinge nur tue, damit andere mich dabei sehen. Am Ende des Tages sitze ich dann daheim und es hat keinen Unterschied gemacht, wenn mich jemand bei einer Tätigkeit beobachtet hat, die ich als cool ansehe. Ich sollte mehr das machen, was mich begeistert, was mich auch begeistert, wenn ich alleine bin. Es geht immer darum, etwas zu machen. Wieso geht es in dieser Welt immer darum, etwas zu machen? Alles muss einen Sinn ergeben und wenn es keinen hat, dass ist das nur für einen kurzen Zeitraum. Ein Mensch, der sein ganzes Leben nichts macht, macht anscheinend nichts Produktives. Auf uns allen lastet dieser unglaubliche Druck. Jetzt schlage ich lauter auf die Tastatur, damit auch alle um mich herum hören, dass ich etwas schreibe, denn dann wird es mysteriös wirken, wenn ich antworte, dass ich aus der Seele eines Künstlers schreibe. Dabei betitle ich mich selbst als Künstler, denn ich bin es schließlich selbst, der diese Worte schreibt. Aber das glaube ich auch, denn ich denke, dass jeder die Kunst erkennen kann. Erkennen reicht für mich schon. Dabei geht es um das kleine unbestimmte künstlerische Merkmal, welches den Dingen innewohnen kann. Darüber habe ich einen Aufsatz geschrieben, der mich selbst fasziniert hat. Ich kann hier so scheinend überheblich reden, da ich annehme, dass viele, die dies zu Augen bekommen, selbst wissen, dass man etwas selbst nur als faszinierend beurteilt, wenn man es von Herzen so fühlt. Es gibt für mich keine ehrlicheren Leute als Künstler, die über ihre Werke sprechen und ihre Gefühle mit anderen teilen. Denn sie wissen genau, dass es keinen Sinn macht, wenn die jemandem oder sich selbst etwas vormachen. Die Kunst ist in meiner Zeit eine Tätigkeit, die dem Individuum Ausdruck verschafft. Für mich soll sie eines Tages alles zusammenbringen. Diese beiden Funktionen gehen miteinander Hand in Hand, denn wer merkt, dass sein Individuum eine Rolle zu spielen hat, der kann vielleicht auch sehen, dass er nicht das Einzige ist und dass alle eine Rolle zu spielen haben. Wir könnten alle wunderschön zusammen leben. Es gibt so viele schöne Sachen, die viele nicht mitbekommen und niemals erleben dürfen, da es andere Menschen gibt, die es erleben können. Ich male mir eine Welt in der wir alle grinsen, obwohl ich weiß, dass sehr viel zwischen heute und dort steht. Manchmal fühle ich mich glücklich, bis dann wieder Gedanken auftauchen, die es mir schwer machen, in meiner kleinen Luftblase glücklich zu sein. Ich sitze mit so vielen Menschen zusammen, die alle dieses Ideal haben, alle haben schon viel selbst erlebt, haben viel Schönes neben Hässlichem gesehen. Wir verstehen uns hier alle gut, bis auf ein paar Wixer, die denken, sie wären die besseren und geileren Menschen, weil sie Figuren schön zeichnen können. Sie posieren als wäre es ihnen egal, wenn jemand auf ihre Arbeit guckt. Und dann noch die Anderen, deren Selbstwertgefühl so im Keller ist, dass sie sich immer laut aufspielen müssen. Sehen wir von diesen Leuten ab, die natürlich auch dazugehören, dann bleiben wir dabei, wir alle nur an einem Ort. In unserer Luftblase. Sie kann auch zu anderen Orten fliegen. Vielleicht hat auch jeder Ort seine eigene Luftblase. Jetzt haben sie geguckt, alle haben gesehen, dass ich schreibe, mir war es egal und ich habe niemand dazu gebracht, auf meine Hände zu gucken. Ich finde es so schön, wenn ich auf einmal merke, wie leer mein Kopf ist. Das kommt leider selten vor, aber deswegen schreibe ich ja auch. Gut, jetzt ist er erstmal leer. Danke.

Hier, an dem Ort, an dem ich mich gerade befinde, kann man alle alles fragen, ohne dass man dumm scheint. Hier kann der Erfahrungsschatz eigentlich nur ansteigen, trotzdem schaffe ich es, oft leer zu sein. Leer und gleichzeitig zu voll. Vielleicht erscheine ich mir auch einfach nur leer, wenn ich zu voll bin. Ich würde so gerne eine Sache richtig können, eine Sachen haben, die mich ausmacht. Ich kann aber dieses Selbstmitleid nicht mehr hören und darüber schreiben will ich auch nicht mehr. Es hilft ja nichts. Ein bisschen. Es gibt da doch auch immer wieder die schönen Sachen, die schönen geselligen Abende, die uns gut schlafen lassen. Es ist schön, wenn man merkt, dass man vieles hat, für das man dankbar sein kann und das mehr als nichts ist. Daraus resultiere ich:

Die Sprache ist dazu da, dass wir uns gut verstehen.

Ist sie. Wir können uns unterhalten. Wir haben die Fähigkeit zusammen zu lachen und uns gegenseitig zu unterstützen und aufzubauen. Es ist einfach schön, wenn man merkt, dass man die Sprache sprechen kann.

Die Sprache ist dazu da, dass wir uns gut verstehen.

Ich habe jemanden gefunden, der mich aus meiner Vergangenheit in die Gegenwart bringen kann, doch leider komme ich nicht über die letzte Hürde. Ja ich bin verliebt und hätte nie gedacht, dass ich mich noch einmal so schwer tue, jemandem mein Interesse zu zeigen. Es ist alles so einfach und wir gehören alle zusammen und sind alle Freunde und trotzdem ist da eine Wand. Das ist einfach verrückt. Es ist wunderschön, das Leben auf diese Weise zu spüren, aber will ich noch lieber das Leben mit ihr spüren. Jetzt jammere ich ein bisschen, aber das muss halt sein. Es ist einfach super verflixt. Ich will mich um sie legen und sie halten und sie drücken und in ihren Haaren riechen und mich einfach freuen, dass sie bei mir liegt. Stattdessen stehe ich 15 Meter Luftlinie entfernt in einer dreckigen WG mit leicht angedrunkenem Blick. Und die Bewegung fehlt. Es fühlt sich alles so cool an mit ihr und ich weiß ehrlich gesagt nicht, wie nahe wir uns stehen. Meine Darstellung ist vielleicht ein wenig übertrieben, wenn man wüsste, wie gut ich diese Person momentan kenne, aber es sind nun gerade mal diese Wörter rausgekommen, und sie beschreiben für mich die Situation sehr gut. Ich liege wirklich lahm und kann mich auf nichts anderes konzentrieren, als auf sie. Ich muss die ganze Zeit an sie denken, allerdings weiß ich nicht auf welche Art und Weise. Die nächste Chance ihr näher zu kommen ist so weit weg. Sie alleine treffen ist so schwierig. Ich verliere die Kraft drüber nachzudenken. Es macht gerade nichts Spaß und in meinem T-Shirt wird mir ganz warm. Der Tag ist verschenkt, sowie die letzten Tage auch. Die letzten Tage, weil ich noch die Vorstellung hatte und heute, weil die Vorstellung weg ist. Ich könnte jetzt auch einfach zu ihr fahren. Ich weiß zwar nicht die genaue Hausnummer, aber mit ein bisschen Zeit könnte ich sie herausfinden. Das würde auch klappen und ich denke, sie wäre überrascht und würde sich freuen. Dann frage ich sie nach einem Kaffee, aber einen anderen Grund zu bleiben habe ich nicht. Es ist nur, weil ich dich gern habe. Ich würde dich gerne drücken und in deinen Haaren riechen. Wenn ich drüber nachdenke, wie schön es sein könnte, es wäre so unglaublich schön. Ich glaube, so simpel dieses Prinzip der Liebe zu sein scheint, ich glaube so zentral und wichtig ist es auch in unserem Leben. Es ist eine eigene Welt, in der wir noch nicht leben können. Das Gefühl der Liebe ist nur ein kleiner Zeiger, dass es so etwas gibt, irgendwo da draußen. Ich hoffe wirklich, dass wir eines Tages in der Lage sind, diesen Berg zu erklimmen und uns zu freuen. Liebe ist wunderschön und sie ist nur ein kleiner Teil von dem, was da noch kommt. Ich sitze nur rum und träume von dem, was ich haben könnte und wie es sein könnte. Ich träume vom Zentrum, auch wenn ich mich dort in Wirklichkeit unwohl fühle, weil ich weiß, dass ich nichts Besonderes kann. Ich kann nichts Besonderes. Das ist immer meine Ausrede. Auch wenn der Sommer gerade angekommen ist bin ich wieder weit weg. Weit weg von dem, was ich erleben könnte. Und es macht keinen Spaß. Ich habe das Gefühl, ich falle wieder runter. Dahin, wo ich mich selbst noch gerade so retten konnte. Ich habe es doch eigentlich verstanden. Ich habe verstanden, wozu das Leben gut ist und was alles schön ist. Aber jetzt rolle ich mich wieder zusammen und habe kein eigenes Leben. Ich brauche aber mein eigenes Leben. Aber ich verdiene kein Geld.

Ich verdiene kein Geld und deswegen verdiene ich kein eigenes Leben.

Keine eigene Bleibe, keine eigenen Hobbies, kein eigenes Lachen. Es ist immer wieder das gleiche. Um das zu ändern brauche ich einen Ruck. Den bekomme ich aber nicht. Mir wird ja alles gemacht. Aber dadurch auch vieles genommen. Das Abnehmen ist in Wirklichkeit ein Wegnehmen. Aber ich verdiene kein Geld. Und um das zu

114

haben, was ich will, brauche ich Geld, denn dafür, ganz ohne Geld zu leben, bin ich im Moment noch nicht bereit.

Ich weiß gerade wieder nicht genau was ich machen soll. Aber im Moment fühlt sich das gar nicht schlecht an. Es kommt nie darauf an, was zu dir gesagt wird oder was passiert. Du musst es einfach gegen deinen Kern prallen lassen. Der Kern muss beweglich wie fest sein. Darauf kommt es an. Glaube ich gerade. Aber das ist eher eine verwischte Aussage, glaube ich. Also genauso fest, wie sie hier steht, aber auch genauso beweglich, wie ihr Inhalt.

Manchmal ist man einfach den Tränen nahe, weil einfach alles zu viel scheint vor all der Leere. Ich habe eine Person, die ich mag. Ich mag sie sehr. Aber ich fühle mich komisch dabei, über mich selbst zu reden, weil ich entweder selbstverliebt klingen könnte, was nicht der Wahrheit entsprechen würde und andererseits könnte ich bemitleidenswert klingen, was ich auch nicht will. Meinetwegen kann sie mit mir fühlen, aber ich will nicht jammern. Schon allein aus dem Grund, dass mir eigentlich noch nie etwas wirklich Schlimmes passiert ist. Ich habe depressive Gedanken und so Kram, aber ich weiß nicht, ob die ich diese Gedanken und Stimmungen einfach nur habe, um sagen zu können, dass ich ein paar harte Zeiten durchgestanden habe. Ich hatte nie Geldprobleme, ich hatte nie gesundheitliche Probleme, ich hatte immer enge Freunde und ich hatte nie Vorfälle in der Familie. Ich habe mir immer ermöglicht, was ich machen wollte. Trotzdem falle ich immer wieder auf die Knie und mein einziger Antrieb ist die Stimme in mir, die sagt: „Falls es zu schwer wird, kannst du es immer noch beenden." Das ist einfach nicht cool. Ich will einfach mit dieser Person Spaß ohne Gedanken haben. Auf der anderen Seite fühle ich mich manchmal, wenn ich lange keine Gedankenphase hatte, sehr leer und es fühlt sich falsch an, einfach nur glücklich zu sein. Mir geht dann einfach der Stoff aus. Das klingt bescheuert, weil man sich wirklich fragen kann, wozu ich den Stoff überhaupt noch brauche, wenn ich dann doch glücklich bin. Aber ich brauche diesen Stoff, auf irgendeine Art und Weise. Ich weiß nicht warum, aber ich fühle mich manchmal wirklich unbrauchbar ohne diesen Gedankenstoff, den ich nur habe, wenn es mir allgemein gesehen, nicht ganz gut geht. Ich merke dadurch, dass ich für meine Gedanken, die ich der Kunst und der Philosophie zuschreibe, lebe. Ich lebe für die Kunst. Mir wurde immer gesagt, dass man das auch wirklich muss, wenn man wirklich Kunst machen möchte. Aber um ganz ehrlich zu sein, man kann sich das glaube nicht aussuchen. Ich kann im Moment nicht anders. Wenn es mir nicht gut geht, dann rede ich nicht viel und das ist dann auch nicht zu ändern. Vielleicht mit Alkohol, aber auch nicht immer. Und ich würde gerne einfach meinen Kopf ausstellen. Ich denke nicht, dass das gut für die

Welt wäre, wenn das alle machen würden, aber ich fände es für mich angenehmer, wenn ich in einer Welt, in der es nur gute tolle Menschen gibt, einfach meinen Kopf ausschalten könnte. Dann würde es allen irgendwann besser gehen und mir sowieso, weil ich mein größtes Problem nicht mehr hätte. Das mit der Welt ist auch wirklich so eine Sache. Ich will einfach, dass alle was abgeben und dass wir uns als eine Familie betrachten und das einfach alle gut miteinander sind. Ich verstehe einfach nicht, warum das nicht einfach passieren kann. Ich verstehe es wirklich nicht und leider gehe ich an dieser wunderschönen Illusion kaputt. Ich gehe daran kaputt. Es macht alles so wenig Sinn und dabei will ich nicht mal über den großen Sinn reden. Ich will einfach aufhören zu reden und zu erklären. Es macht mich fertig. Ich glaube, ich habe es schon einmal angemerkt, aber ich verstehe es auch einfach nicht. Wie soll ich glücklich mit dem sein, was ich habe, wenn irgendwo anders auf der Welt Menschen wie ich nichts haben? Die gehen kaputt an Nahrungsnot und Gewalt. Wie soll ich da mein Mittagessen genießen? Wie soll ich da einen geeigneten Beruf finden? Wie soll ich da jemals glücklich werden? Der einzige Weg glücklich zu werden, scheint mir also darin zu liegen, irgendwie für mehr Menschlichkeit zu kämpfen und zu hoffen, dass dies immer wieder getan wird, bis dann irgendwann die Menschlichkeit in jedem Menschen siegt und alle verstehen, dass das Leben kein Wettkampf ist. Ich glaube wir haben ein großes Netz auf der Welt liegen. Jeder Faden ist eine Eigenschaft, wie schön, groß oder rund. Diese liegen auf der Welt und haben Schnittpunkte. An diesen Schnittpunkten entstehen Dinge, die sich aus den Eigenschaften bilden, die die zusammentreffenden Fäden bilden. Find ich eigentlich eine ziemlich logische Vorstellung, allerdings geht mir gerade die Puste aus, mich tiefgreifender damit zu befassen, jedoch gehe ich gerade irgendwie davon aus, dass meine These eine große Bedeutung bekommen könnte, wenn auch nur für mich. Vielleicht ist es ja auch schon die These von jemand anderem, aber das weiß ich eben nicht. Ist mir auch nicht so wichtig, weil These These ist.

Ich gucke mir Filme über wichtige Menschen an, nein sagen wir Menschen, die etwas geleistet haben, was danach nun eben auf der Leinwand gezeigt wird. Ich stelle mir mich selbst immer an dieser Stelle vor und erkenne mich in meinem Tun sogar ein bisschen wieder. Es macht auch alles Sinn. Genug Menschen, die mich am Zug halten, genug Dinge, die mich runter bringen wollen. Und dann erlebt man während des Schauens diese Talfahrt, wenn aus der Faszination auf einmal eine Aggression entsteht, wenn ich einfach nur noch genervt bin, dass die ganze Zeit über so ein Thema ernsthaft gesprochen wird. Ich habe dann keinen Bock mehr und mein Unterleib bringt die Aggression bis in meinen Kopf. Es wird dann einfach mal wieder zu viel und ich verliere

118

den Spaß und den Antrieb, den ich eben noch durch genau die gleiche Sache bekommen hatte. Es geht immer im Sekundentakt. Wie bescheuert eigentlich. Dabei stehe ich im Moment gut da, ich habe mal etwas geschafft, von dem ich wirklich sagen kann, dass es mich im Innersten stolz macht. Es ist einfach toll und ich bin überzeugt davon und glücklich. Das Schöne und Besondere daran ist, dass es noch niemand anderes gesehen hat. Also kann auch noch niemand gesagt haben, wie cool er oder sie es findet. Es ist einfach von mir gemacht und ich bin damit so zufrieden, dass es mehr nicht braucht um mich glücklich zu machen.

Heute war ich glücklich. Jetzt ist Abend und ich rekapituliere und deshalb bin ich es nicht mehr so.

Das Gefühl angekommen zu sein ist für mich im Moment mehr als präsent. Es fühlt sich wirklich und einfach gut an. Ich mache etwas, wo ich vollkommen hinter stehe und ich glaube an etwas, was ich nicht ganz verstehe. Es ist im Moment einfach toll ein Teil des Ganzen zu sein. Irgendwie bin ich aufgestiegen. Zumindest fühlt es sich so an. Traurig daran finde ich, dass man nur toll ist, wenn man etwas Tolles macht. Toll sein ohne Toll machen ist nur noch Sein. Das ist irgendwie bitter. Aber ehrlich gesagt, im Moment ist mir das vollkommen egal. Ich bin stolz und glücklich. Ich glaube, ich habe eine neue Begründungsebene für und in der Kunst erschaffen. Ich kann

19

so tiefgehend darüber sprechen und werde ich doch nie an einen Punkt kommen, an dem es Sinn machen würde, aufzuhören. Das ist so ein großes Geschenk im Moment, dass ich an nichts anderes denken kann. Wenn ich probiere Schlaf zu finden, dann denke ich, wenn ich etwas schreibe, dann denke ich, wenn ich mich unterhalte, dann denke ich. Und ich denke nur an diese eine Sache, weil sich immer mehr und größere Möglichkeiten auftun. Es ist unglaublich und unfassbar. Ich kann es auf alles anwenden. Hoffentlich kommen mehr Leute hinzu. Meinetwegen auch auf ihre Art. Aber vielleicht kann ich sie in meine Richtung schubsen. Zumindest ein kleines bisschen. Morgen werde ich wieder losgehen.

Die Leute erblicken vielleicht etwas, auf das sie noch nie geachtet haben. Wie faszinierend ist das denn, wenn das möglicherweise auch noch durch mich geschieht? Jetzt habe ich den positiven Wahnsinn erreicht und er fühlt sich gut an. Er ist zwar sehr leicht erschütterbar, aber solange man ihn immer wieder retten kann ist er wundervoll. Genauso wie sie. Sie ist das einzige, was meine Gedanken im Moment an sich reißen könnte. Da wir uns dafür zu selten sehen und kaum kennen ist das jedoch schwer. Auch wenn ich nichts dagegen hätte. Aber da beide Sachen toll sind, bin ich im Moment glücklich. Wir wollen es ja auch nicht übertreiben. Ich muss grinsen.

Ich freue mich immer noch. Ich bin angetrunken und high. Ich freue mich immer noch. Man muss etwas schaffen, das über den Ebenen steht, welche man verbinden will. Auf anderem Wege funktioniert das nicht. Ich habe das Gefühl so etwas gemacht zu haben. Ich werde von allen angesprochen. Nicht nur von denen, die mich verstehen. Das rührt mich und ich liebe Romantik-Komödien.

Für die Menschen müssen Dinge immer geschlossen sein und immer in sich abgegrenzt von allem anderen, damit sie einen Nutzen, Sinn oder überhaupt erst einen Platz in der Gesellschaft bekommen können. Damit sie überhaupt erst einen Namen tragen dürfen. Aber liegt nicht der größte Nutzen für alle in der Offenheit?

Alles Wahrnehmbare wie auch nicht Wahrnehmbare trägt das besondere Potential in sich. Das Erkennen hängt von Zeigen, Zeitpunkt und Aufnahmefähigkeit ab. Doch sollte jeder sich für alles die Zeit nehmen, die es zum zeigen des Potentials braucht. Bei Dingen, bei denen es das eigene Gefühl schwer macht, sie als besonders zu sehen, sollte man überlegen, wie man sie zum Besonderen ändern kann, innerhalb der Betrachtung. Wer Besonderes in vielen Dingen sieht wird schnell als Romantiker betitelt oder in den Kasten der Kunst geworfen. Kunst hängt fast immer mit Empathie zusammen. Ich treffe keine ultimative Aussage, weil ich mir noch nicht ganz sicher bin, würde mich aber jemand bitten, dies zu tun, dann würde ich das fast weglassen. Sowieso solle alles mit der Empathie zusammenhängen oder in ihrem Dienste stehen, denn auch alles enthält das besondere Potential. Der Nutzen der Dinge und Prozesse sollte immer im Dienste der Empathie stehen. Die, deren Schaffen im Nutzen des Geldes steht, sollen nicht ausgegrenzt werden, denn sie kennen nur das Geld als Kompliment und Erzeugnis ihres Schaffens. Ich glaube sowas hat Platon schon mal gesagt. Das mit dem Geld. Wer sich aufregt über Dinge, die immer einen Nutzen haben müssen, der soll das Besondere in einer Welt sehen, die den Nutzen in sich selbst, in ihrem Sein trägt. Die empathisierte Welt. Das Wesen der Kunst liegt im Prozess hinzu dieser Welt, die das schönste Ziel sein sollte. Die Liebe. Eine Welt, in der das Leben gleich Meditation ist. Einer Welt, die befreit von Zwang ist, schreibe ich die Liebe als überherrschendes Element zu. Die hat die Begründung ihren Seins in sich selbst. Diese Vorstellung des obersten Seins durch die Liebe ist nun das, was uns alle zu leiten hat, dem wir dienen können ohne uns unterzuordnen. Mögen wir uns also alle in den Dienst der Liebe stellen, um uns von qualvollen Diensten zu befreien. Doch wieso drängt mich nun die Liebe doch zu Taten, die gegen diese sprechen? Muskeln und Oberflächlichkeit erleichtern einem den Zugang zu Liebe. Ob das dann Liebe ist kann man nicht über alle Fälle behaupten, dennoch wirkt es immer leicht. Jetzt will ich wieder einen anderen Schritt machen. Aber ich glaube, dass die große Liebe genau dies ist und ich im Moment alle

Erkenntnis, die ich bekomme und die ich anderen offenbaren möchte, in ihren Dienst stellen sollte, weil es im Moment mein tiefster Wunsch ist, dass es allen gut geht. Dabei habe ich auch nicht das Gefühl, dass es sich dabei um mich dreht, weil ich mir immer dumm vorkomme, wenn ich so denke, da es einfach dumm und jämmerlich ist. Mir geht es auch immer noch nicht gut. Das hätte ich nicht gedacht. Ich komme da auch einfach nicht raus. Was mich antreibt ist das, was mich verzweifeln lässt. Das ist wie eine Beziehung mit einer Frau. Zumindest war es bei mir so, nicht auf alle beziehbar. Aber vielleicht ein bisschen. Nur im Moment ist es dieses Kunstding und die Verbesserung der Welt. Hinzu kommt dann glaube ich noch sowas wie Ermüdung und Lustverlust. Ein paar blöde Gedanken über die eigene Existenzsicherung und Aufregung über die eigene Unfähigkeit.

Wir haben zum einen das Fassbare, das Dingliche, zum anderen das Unfassbare. Fassbar sind Dinge wie Laternen, Autos und so weiter. Wir können sie mit unserer Wahrnehmung in unserer Wahrnehmung trennen. Unfassbar sind Gedanken, Gefühle und das, was sich unser Bewusstsein nennt, welches ein Bewusstsein für die Welt schafft. Doch kann man diese Dinge voneinander abgrenzen? So liegen doch die Merkmale alle sehr nah bei etwas, das für uns unfassbar ist. Unterteilungen sind nur ein begriffliches Hilfsmittel. So haben wir die fassbaren Dinge und das

große Unfassbare. Was uns verborgen bleibt ist
der Glanz des Unfassbaren, den die Dinge durch
ihre Inflation verloren haben. Sie können auch
glänzen, aber anders.

Hauptsache ich bin in der Lage zu lieben. Es
fühlt sich auch toll an. Ich habe etwas an das
ich denken kann, wenn mir alles zu viel wird. Ich
habe etwas, was mich im Schlaf träumen lässt.
Ich muss einfach grinsen. Ich muss auch gerade
grinsen. Einfach weil ich verliebt bin.

Wenn ich mich unzulänglich fühle, dann sollte ich
spazieren gehen. Ich habe Angst. Die Angst vor
dem Schmerz, den man sich selber zufügen wird.
Gott sei Dank bin ich dafür zu feige. Ich habe
Angst. Jetzt sollte ich rausgehen. Es ist schon
dunkel und kalt. Ich bin vollgestopft mit Gedanken. Alle anderen sind gut. Sie sind da. Aber sie
sind nur die anderen. Ihnen geht es gut. Wie traurig, dass ich nur erkenne, wie gut es ihnen geht.
Es gibt so viele, denen es nicht gut geht. Noch viel
schlechter. Ich habe wirklich Angst. Ich merke,
dass es mir wirklich schlecht geht. Mir geht es
wirklich schlecht und ich kann nicht entfliehen.
Ich könnte daraus auch eine tolle Geschichte
machen aber ich will auch nicht, dass sich andere
sorgen. Es macht mich kaputt. Jeder hat etwas.
Ich auch. Mir geht es eigentlich gut. Davon muss
ich aber glaube kurz wegkommen. Mir geht es
nicht gut. Ich habe Dinge und Sicherheit und
Freiheit. Aber ich verstehe nicht was in meinem
Kopf passiert. Ich weiß es einfach nicht. Es tut

mir wirklich weh. Ich werde jetzt raus gehen und laufen. Ich muss einfach alleine sein. Selbst wenn niemand mit mir redet fühle ich mich nicht einsam. Ich fühle mich unter Druck und verachtet. Und die anderen merken wie dämlich ich bin. Ich passe irgendwie nicht hier hinein. Alle sind lustig. Auch die mit Problemen. Ich finde es auch wirklich eine gute Idee mit einem Psychologen zu reden. Ich glaube, dass mir das helfen könnte. Jetzt gehe ich raus und probiere mich streicheln zu lassen.

Im Moment mache ich wirklich etwas, wofür ich lebe. Ich finde das super krass. Ich hatte das noch nie. Im Moment ist das, was ich mache, in meinem Leben zentral und ich habe das Gefühl, dass ich für alle etwas tue. Also es ist nicht so, dass ich mich nach dem Sinn meiner Handlungen umgucken muss, weil ich genau weiß, wofür ich mich im Moment einsetze. Es ist ein Geschenk, so etwas zu finden und es ist ein noch größeres Geschenk es dann noch leben zu können. Dadurch gehen natürlich meine traurigen Phasen nicht weg, aber immerhin frage ich mich im Moment nicht nach dem Sinn. Denn ich sehe Sinn darin. Ich glaube, dass es Sinn macht. Für die Leidenden. Allerdings ist mein Problem, dass ich als Künstler oder Philosoph oder einfach als verrückt abgestempelt werde. Es ist sehr schwer da wieder herauszukommen. Ich merke, wie sich viele dafür öffnen, jedoch auch wieder schließen. Bisher ist es noch gut soweit. Ich habe etwas geschaffen, das eigentlich aus der Luftblase der Kunst ausbricht. Genau das war auch wichtig, denn es geht um Liebe, um unseren Lebensraum. Wenn wir unseren Lebensraum als Masse ansehen, dann verbindet es uns alle. Der Raum als Masse schafft eine Verbindung zueinander. Aus dem Zueinander müssen wir nun ein Miteinander machen.

Raum	+	Vorstellung	= Verbindung
Verbindung	+	X	= Miteinander

Das ist das Rätsel der Welt. Das ist das Rätsel für eine glücklich Welt.

Das Unfassbare ist das einzige, was für alle fassbar ist.

Jeder hat irgendwas, was er nicht versteht oder fassen kann. Jeder. Da mehr nicht über dieses Etwas ausgesagt werden kann, außer dass es nicht fassbar ist, eben genau weshalb nicht mehr gesagt werden kann, ist es vom Wesen immer gleich. Bei jedem.

Ich sehe die Dinge mit meinen Augen. Für mich sind sie sichtbar und ich baue meine Umwelt mit den Bildern in meinem Kopf.

Ich fühle Dinge mit meinen Fingern. Die ertasteten Strukturen spalten meine Umwelt in viele kleinere Bereiche auf.

Ich höre Dinge mit meinen Ohren. Geräusche scheinen auf einer anderen Ebene zu sein, doch ordne ich sie ohne Probleme hinzu.

Ich schmecke Dinge. Ich weiß nicht genau womit, vielleicht weil ich es mit den oberen Sinnen nicht erfassen kann.

Wenn ich nun meine, dass ich das alles so aufnehmen kann und ich damit meine Umwelt verstehe, dann muss es etwas geben, so glaube ich, was dies möglich macht.

Was macht das Sichtbare sichtbar?

Das ist die Frage, die ich mir stelle. Es muss etwas sein, was etwas anderem eine Fähigkeit zuweisen kann ohne diese Fähigkeit selber zu besitzen beziehungsweise auszuführen. Ich stelle mir etwas vor, was all meine Sinneswahrnehmungen möglich macht. Allerdings muss ich Unterschiede machen, denn entsteht die Übertragung hin zu meinen Sinnen beim Tasten oder Schmecken durch direkte Berührung, hingegen beim Sehen und Hören eine Distanz zwischen mir als Körper mit empfänglichen Sinnen und dem wahrzunehmenden Ding besteht.

Um mir generell etwas vorzustellen, brauche ich einen Raum, in dem ich meine Vorstellung aufbauen und platzieren kann. Sei er in mir, in den Dingen oder zwischen den Dingen. Nun habe ich aber etwas zwischen, ohne das Raum zwischen ihnen besteht. Beim Schmecken und Tasten. Trotzdem erfahren meine Sinne Wahrnehmung wie beim Sehen und Hören, darum fasse ich all diese Dinge zusammen.

Wie kann ich nun eine Sache beschreiben, die

diese Eigenschaft besitzt?
Ich kann es nicht beschreiben. Mit meinen Mitteln, meiner Sprache oder bildlichen Vorstellung komme ich nicht zu einem Ergebnis. Ich komme nur zu einer Umschreibung. Es ist unfassbar. Da ich niemals eine Sache oder ein Ding, was unfassbar ist mit meinen Sinnen wahrnehmen kann, kann es nur eine Vorstellung sein. Es ist also die Vorstellung von einem großen Unfassbaren. Da ich glaube, dass das Unfassbare unerlässliche für mein Leben ist, zumal es als Katalysator unserer sinnlichen Wahrnehmung dient, glaube ich einen Sinn darin zu sehen, es in meiner eigenen Beschränktheit deutlich zu machen, zumindest darauf hinzuweisen. Meine Beschränktheit gibt mir vor einen Raum zu benötigen, um einen Hinweis zu leisten. Ich sehe die einzige Möglichkeit nun darin, einen Raum herzustellen, den ich nicht fülle, aber der den Fokus auf sein Inneres legt. Die Fähigkeit des Aufzeigens eines nicht wahrnehmbaren Etwas, ohne dass es sich dabei selbst zeigt, ist an dieser Stelle mein versuchter Hinweis. Es ist in verständlicher Weise nur eine Approximation, da die Glasvitrine natürlich trotzdem für unsere Augen sichtbar ist. Darum appelliere ich an den Verstand, durch etwas Durchsichtiges hindurchzusehen und es keinen Evidenzpunkt werden zu lassen. Der Fokus liegt nun auf einer Sache, die für die Sinne leer zu sein scheint. Um aber den Fokus auf etwas zu legen muss das Etwas etwas sein. Das Unbegrei-

liche.

Das habe ich schon einmal geschrieben. Aber ich kann es nicht verwerfen.

Ich weiß nicht was ich machen soll. Meine Gefühle sind ein bisschen überall und ich stehe.

Nach außen hin preise ich diesen Text als das Wichtigste für mich an und doch wende ich mich in letzter Zeit diesem nicht besonders viel zu, was ich nicht unbedingt schlecht finde. Es ist ok. Aber was nicht ok ist, ich bin verliebt und komme nicht voran. Ich verstehe es nicht. Es ist zum ersten Mal, dass ich die Person wirklich nicht verstehe. Es passieren Dinge oder besser gesagt passieren keine Dinge und ich verstehe es einfach nicht. Ich werde auch nicht dagegen ankommen. Aber ganz ehrlich, es sind Dinge, die überhaupt keinen Sinn machen, für alle Beteiligten nicht, weil es ganz einfach ganz anders sein könnte.

Wir müssen in allem was wir machen lieben und eines Tages werden wir lieben was wir machen müssen.

Ich merke wie gesund und klar ich doch eigentlich bin. Sehr normal und gesund. Ich habe heute wirklich etwas gelernt. Mehr als bloß diese Erkentnis. Ich habe gerade auch wieder das Gefühl, dass ich mir gerne Kunst angucken möchte. Nach nur einem Gespräch, von dem ich mir nichts erhofft hatte. Ich hatte auch nichts erwartet. Aber es ist einfach diese Magie, die man spüren kann. In allen Dingen, die wurden. Die einen haben sie und die anderen aus bestimmter Sichtweise

29

nicht.

Es macht halt manchmal einfach BÄM.

All die, die die Welt und ihre Wahrnehmung einmal angezweifelt haben, gelangen am Ende zur Friedenserkenntnis, zur Liebe, zur Ethik.

Eine gute Hypothese beginnt in ihrer Entstehung ganz einfach, verkompliziert sich im Laufe ihrer Entwicklung bis ins Unendliche und übertrifft sich am Ende wieder mit Einfachheit.

Ich bin jetzt viel gelaufen und bin immer noch auf der Erde. Ich fühle sie aber anders. Und ich fühle alles, was drum herum ist. Ich habe auch lange nichts mehr geschrieben.

Barfuß mit einem Rucksack durch die Welt zu laufen ist nicht das Leben. Aber es ist zumindest eine Scheibe davon. Eine Scheibe vom Leben an sich. Ich habe wirklich das Gefühl, dass ich in der Zwischenzeit mehr gewachsen bin als in der ganzen Zeit, in dem ganzen Abschnitt zuvor. Ich spüre so viel. Ich weiß zumindest, dass ich so viel mehr spüren könnte. Ich habe seit einiger Zeit, für mich ist es jetzt schon unendlich lange, gepredigt, dass der Raum eine Masse ist, die spürbar ist. Zumindest ist sie vorstellbar. Und auf einmal wird mir gezeigt, dass das wirklich ist. Das häufigste Problem ist das Zumachen der eigenen Realität für solches Empfinden. Ich kann nicht genau sagen, ob ich schon immer dafür offen war. Ich hatte es zumindest geglaubt. Jetzt, wo es in meine Realität gekommen ist, meine ich aber, dass ich es bisher nicht war, sonst wäre

130

s vorher zu mir gekommen. Ich war der festen Meinung, dass die Realität die Wirklichkeit und die Wirklichkeit das Leben an sich ist. Alles an ich gibt es nur einmal. Daher konnte es für mich ur eine Realität geben. Jetzt aber merke ich, vie sich das unterscheidet. Manchmal ist auch einfach alles voll. Gute Eindrücke braucht es nicht iele in kurzer Zeit, denn sie sind so kräftig, sie virken lange. Diese ganze Zeit dazwischen kommt mir vor wie eine große Brücke von der aus der Boden nicht mehr zu sehen ist. Zumindest kann ch den Boden nicht mehr sehen. Es ist so viel passiert. Es ist unglaublich viel passiert. Die Unähigkeit zu schreiben zeigt mir selbst, wie super es war. Wie wichtig für mein Inneres. Ich kann mich auch nicht an den letzten Zeitpunkt des Schreibens erinnern. Ich kann mich nicht daran erinnern, was zuletzt passiert ist. Jetzt sitze ich ur hier um das Gefühl zu haben, etwas zu tun. Etwas mit Bedeutung zu tun. So wie es bisher eigentlich immer war. Es gibt so oft die Erkenntnis: Hey, es geht um mehr als um mich und selbst venn es um mich geht, ich bin gut und super in dieser Welt.

Und immer wieder kommt das Gefühl, nichts zu können. Das Schlimme daran ist aber nicht die Tatsache nichts zu können. Das Schlimme daran ist diese Tatsache als Belastung zu empfinden. Dabei wird nun außen vorgelassen, dass es diese Tatsache nicht gibt. Es kommt immer wieder. Dieses verdammte Gefühl. Auf was soll ich mich

31

konzentrieren?

Mein Herz liegt gerade auf einer weichen Feder. Sie schwebt. Aber ich habe Angst, dass sie wegfliegt bevor ich sie überhaupt gespürt habe. Ich denke, dass ich sie gerade anfange zu spüren. Doch ich weiß, dass ich es nicht überleben werde sie auf eine Reise zu lassen. Sie kann doch nicht auf eine Reise gehen. Sie soll aber. Ich wünsche mir das, denn eine Feder soll fliegen. Ich mache ihr das einfacher, wenn ich sie um mein Herz erleichtere. Das klingt gerade alles sehr standardmäßig. Sehr typisch. Ja ich bin typisch. Trotzdem fühle ich es als Gipfel dieser Welt. Es überwältigt mich, das wird es immer wieder. Daran glaube ich. Ich weiß nicht, ob ich mir das wünsche. Aber das macht es wichtig. Ich erinnere mich an meine eigenen Gedanken. Schreiben und Musik. Mal gucken was ich davon mag. Schreiben, Musik, Meditation. Tanz.

Ich hatte gerade einen wunderschönen Augenblick. Sie hat gesungen und es hat harmoniert. Es war wunderschön. Jetzt ist es weg. Es wird auch nicht wiederkommen. Die Frage, die ich mir jetzt stelle ist nur eine. Fand ich es schön, weil ich gedacht habe ich könnte andere damit beeindrucken, dass ich an etwas so Tollem teilgehabt habe? Oder fand ich es einfach schön. Nach meiner letzten Zeit, also wirklich letzten Zeit müsste ich eigentlich ganz entspannt von Zweitem ausgehen können. Aber dann würde ich mir diese Frage nicht stellen.

Ich habe aufgehört Fleisch zu konsumieren. Ich habe schon immer gedacht, dass ich es irgendwann schaffe. Ich glaube auch, dass wir das alle irgendwann schaffen werden. Eine Sache ist mir trotzdem im Moment besonders wichtig. Mir haben immer die Leute gesagt, dass ich mich nicht über die Tiere stellen soll. Das will ich auch nicht. Das finde ich auch nicht gut in gewisser Weise. Wenn ich aber nun meine, dass ich mich, wenn ich bewusst auf Fleisch als Ernährung verzichte, über die Tiere stelle, dann will ich das schon. Manchmal fühle ich das auch so. Dabei geht es mir aber nicht darum mich über die Tiere zu stellen, weil ich nicht glaube, dass wir als Menschen über ihnen stehen, aber ich muss das immer anführen, wenn ich zu diesem Thema komme, weil ich behaupten muss, dass ich nicht aus dem einfachen Wort anderer mein Verhalten in dieser Hinsicht verändert habe. Das mag manchmal auch gut sein, es braucht nicht immer viel, zumindest muss es nicht immer viel brauchen, aber hier ist es mir wichtig, um nicht durchhalten zu müssen, sondern um davon profitieren zu können. Ich höre in erster Linie aus einem egoistischen Grund auf Fleisch zu essen. Die Gesundheit und die Bedeutung der Tiere sind mir auch wichtig, doch kommen sie in meinem Genuss an weiter Stelle. Doch ich genieße diese dennoch. Möge ich nun aber an die erste Stelle gucken. Es geht um mein spirituelles Level. Ich wurde nachts in einer Stadt ausgesetzt. In einer fremden Stadt.

Es war dunkel und ich suchte den Park um noch ein paar Stunden Schlaf zu bekommen. Ich fand ihn. Und ich fand eine Bank. Mit ihr einen Jungen, einen Mann, der mich prägte. Er prägte mich im Zusammenspiel mit anderen kurz davor geschehenen Begegnungen in dieser Hinsicht. Spirituelles Level ist nicht zu steigern bei dem Verzehr von Fleisch als Nahrung. Zumindest ist es ihm so ergangen und ich kann es gut verstehen. Ich verstehe es. Es wird mir sehr klar und ich will es in meine Realität lassen. Selbst wenn dieser Grund nicht wahr sein sollte, für manche nicht wahr sein sollte, so habe ich doch meine Realität schnell dafür geöffnet, weil ich die Chance gesehen habe, ein wichtiges Ziel zu erreichen, welches in erster Linie eine fleischlose Ernährung war. Jetzt fühle ich mich gut damit. Ich fühle mich auch gut damit, wenn die Leute um mich herum Fleisch essen. Ich habe einen Grund gefunden, der es mir ermöglicht, für mich damit gut umgehen zu können. Ich bin damit glücklich, dass ich kein Fleisch mehr esse. Dabei geht es um mich. In erster Linie geht es dabei um mein Verhalten.

Erst jetzt habe ich Menschen getroffen, die ich als Menschen betrachte, die mit dem wahren Leben in Berührung stehen. Ich glaube, dass sie das tun Wir müssen uns reinigen. Wir können uns reinigen. Es wäre schön. Es klingt auch nach einem schönen Gefühl.

Jetzt ärgere ich mich gerade wieder darüber, dass ich solange nicht geschrieben habe. Aber es ist kein schlimmer Ärger.

Reinigen. Wo beginnt man sich zu reinigen? Beginnt man bei sich? Was gehört zu einem selbst? Gehören die Dinge, die man zu besitzen scheint, zu uns? Die Frage ist wichtig, aber ich fühle mich nicht im Stande sie zu beantworten. Das ist auch okay für mich. Ich habe die Meinung bekommen, dass wir Energie haben. Diese Energie können wir verwenden. All das wird für viele nichts Neues sein, aber für alle, für die eben genau dies nichts Neues ist, müssen diese immer wiederkehrende Faszination verstehen. Alle anderen erwarten diese noch. Wir haben Energie. Wenn wir Dinge zu besitzen scheinen, dann wickeln wir Netze aus Bändern um sie. Über diese Bänder verlieren wir Energie. Unsere Energie wird weniger. Sie sinkt. Sie sinkt in uns. Aber sie ist nicht verloren. Immerhin ist sie nicht verloren. Darum sage ich Danke für diese Erkenntnis. Darum hoffe ich auf Kraft, um die Netze zu öffnen.

Ich merke gerade wieder wie mich das Schreiben out of this world bringt. Einfach wundervoll. Meine Träume sind auch so realistisch in letzter Zeit. Das ist krass. Das ist vielleicht Einbildung. Aber damit bin ich im Reinen. Einbildung ist okay. Sie funktioniert. Ich habe gerade einen Platz gefunden. Ich habe einen Platz gefunden, wo ich dachte, ich könnte ihn tagsüber nutzen. Aber es ist anders. Die Tage fliegen vorbei und es passiert nicht viel. Bei mir passiert nicht viel. Ich fühle mich, als würde ich die ganze Zeit an der gleichen Stelle stehen. Nachts aber erfahre ich sehr viel. Ich kann es auch rekonstruieren. Es ist unglaublich. Es ist wunderbar. Es passiert, dass ich im Traum lebe. Es passiert nicht, dass ich die Träume hinterfrage. Ich hinterfrage nicht. Das macht es magisch. Ich habe kein Bedürfnis zu hinterfragen. Das kommt zu seiner Zeit. Ich bin am Beginn einer Reise, die sich gut anfühlt. Ich fühle es als etwas Gutes.

Ich fühle es als Etwas wirklich Gutes.

Ich erinnere mich wieder an das letzte Ereignis. Das ist sehr lange her. Gefühlt. Aber es war gar nicht so wichtig.

Es kommen sehr viele Gefühle auf einen zu. Ich weiß nicht wo ich stehe. Ich weiß nicht wo ich stehen werde. Ich weiß nicht, ob ich stehen möchte. Ich weiß nicht, ob ich jemals stehen werde. Dinge zu erreichen, Dinge erreicht zu haben, das gibt keinen Halt. Ich schwebe im Moment. Nicht weil ich heilig bin. Ich will mein eigenes Gelaber auch gar nicht mehr hören. Ich will es auch nicht sehen. Mich selbst zu vergessen, das wäre ein Ziel. Ein Ziel um allen zu helfen Es ist eine alte Tradition. Selbstlos und egoistisch Ich habe sehr viel Liebe erfahren und möchte diese weitergeben. Im Moment bin ich einsam. Ich habe alles Gute und bin trotzdem einsam und müde der Konversation darüber. Ich will nicht mehr sprechen, denn wenn ich spreche leide ich. Die Sprache ist ein Zwang. Alles wird in die Sprache gepresst. Mein Verstand soll beschäftigt werden und Kommunikation durch die Sprache muss mein Überleben sichern. Ich will nicht mehr reden. Ich will nicht denken. Ob ich noch fühlen will weiß ich nicht. Ich will nicht mehr wissen. Ich will kein Ich mehr spüren. Ich soll sich keine Sorgen mehr machen. Ich soll anderen helfen. Ich soll die Trennungen vergessen. Ich und Ich sollen ihr Wesen kapieren. Wir sind Eins.

Im Eins-Sein liegt die Harmonie. Liebe ist das Überbleibsel der Einheitsharmonie in der Imagination der Trennungen. Die Einheit geht nie verloren. Sie kann nicht verloren gehen, doch wird sie in der Imagination der Trennungen nicht mehr erkannt und verkannt. Doch auch wenn wir uns Grenzen ziehen und unterscheiden zwischen Innen und Außen, Hier und Dort, auch wenn wir diese Unterschiede machen, wenn wir sie imaginieren, bleibt die Vorstellung, lieben zu können. Ein Zugang zur Einheit. Die Liebe ist nur ein kleiner Griff an einer großen Tür, aber hält sie den Spalt offen, durch den Licht erscheint, durch den weiterhin Licht scheint.

Ich möchte immer der sein, der ich eigentlich auch bin. Mich treibt oft so vieles umher. Auch vieles in mir. Ich treibe mich oft in mir umher. Am Ende möchte ich aber bei allen Zweifeln trotzdem im Vergleich immer bei mir bleiben. Ich spüre deutlich Trennungen nach außen und habe gleichzeitig das Gefühl der Verschmolzenheit. Ein einfaches, in seiner marginalen Wirkung fast schon magisch erscheinendes, Gefühl der Verschmolzenheit. Es kommt mir manchmal vor wie ein Wunder. Ein ganz einfaches Wunder. Meine Vernunft empfindet momentan meinen Verstand. Mein Verstand beginnt momentan sich selbst zu begreifen und geht daran zugrunde. Mein Vorteil daraus ist die Auslöschung des Verstandes und gleichzeitig das Beenden der Versuchung begreifen zu wollen. Ich bewege mich einfach nur. Alles bewegt sich zusammen. Es gibt Orte des Wohlfühlens. An diesen Orten fühlt man sich gut. Zumindest fühlt man kein störendes, dich immer in Bewegung bringendes Vibrieren. So sitze ich gerade nicht hier. Mich stört etwas. Ich weiß, was dieses Gefühl auslöst, doch verstehen kann ich es nicht. Ich verstehe nicht, warum mich so eine Kleinigkeit stört. Es beschäftigt mich als wäre es gerade vor mir, wobei dies ebenfalls kein Grund wäre. Wenn einen die Vergangenheit beschäftigt und man sie in der Gegenwart nicht ignorieren kann, dann ist man vielleicht schon einen Schritt weiter. Wenn man unser Zeitdenken abschalten würde, dann wäre dieser Zustand, um wieder auf die Sprache des Verstandes zurück zu übersetzen, logisch. Wie kann es aber sein, dass eine geistige Errungenschaft, und zwar die der Zeitausblendung, für inneren Schmerz sorgt? Im Moment habe ich vieles von dem, was man in normativem Gedankengut als gelungenes Leben ansehen würde. Ich merke das auch. Ich kann mich darin fallen lassen. Mit ein wenig Anstrengung kann ich mich jeden Abend in dieses weiche Tuch fallen lassen. Aber es zweifelt mich. In mir drängt sich etwas nach außen. Die Folgen innerer Ruhe und gewählter Einsamkeit drücken von innen und zerreißen mich, so dass keine Fetzen entstehen, es sind Schlieren. Schlieren von mir, die auf alles übergehen. Ich will auch nicht mehr was ich wollte. Ich liebe flüchtige Berührungen. Ich liebe es flüchtige Berührungen zur Regel werden zu lassen. Doch führen die flüchtigen Berührungen, für die einen Außenstehende beneiden, wieder zu einem Loch der Leere. Die Berührungen beginnen die Leere wieder zu füllen. Ich weiß momentan nicht, ob ich von Leere sprechen kann. Nicht im Sinne sprachlicher Kompatibilität, sondern aufgrund meiner Befindlichkeit, die nicht mit diesem Begriff zu Einem wird. Die flüchtigen Berührungen stehen für vieles. Sicherheit. Geborgenheit. Ich will das. Ich wollte es immer. Ich habe es jetzt. Ich hatte es vorher. Vorher war es wunderschön. Jetzt hat es sich nicht verändert, doch stoße ich es in der Reflektion von mir weg. Denn dieses Wunderschöne bringt mich immer wieder zurück zu dem, von dem ich mich befreit habe. Aber ich kann etwas so schönes noch nicht für mich beenden. Ich bin noch nicht soweit. Ich habe mich sehr viel bewegt. An manchen Punkten muss ich Rast machen. Aber wenn mir die Milch zu sauer wird und die Alm sich in schwindelerregender Höhe befindet, dann muss ich wandern. Wandern in den Berg. Es ist der erste kleine Berg. Man kann mir folgen.

39

Aber, wie eine Membran, wird ausgesiebt. Es wird nicht nach Unterschieden ausgesiebt. Es wird ausgesiebt, sodass es nicht zurück kann.

Wenn man versucht eine allgemein gültige Wahrheit, eine absolute Wahrheit, auf der alles aufbaut, zu leugnen, dann geht man davon aus, dass es keine allgemein gültige Wahrheit gibt. Wäre das nicht aber auch eine allgemein gültige und absolute Wahrheit? Ich glaube, diese Wahrheit ist nichts Schlechtes und schränkt uns nicht ein. Sie ist nicht determinierend. Sie ist gut und wer sie erkennt wird leiden, denn wie soll man verzeihen, ohne Einsicht zu erkennen? Dies kann der Grund für unsere Verblendung sein, nur leider missbrauchen wir diese. Anstatt uns daran zu erfreuen, die eine Wahrheit nicht erkennen zu können, um der Welt Erbarmen zu schenken, meinen wir Wahrheiten gefunden zu haben. Ich auch. In gewisser Weise. Allerdings merke ich selbst, wie sie sich verändert. Sie wird mal klarer, mal schwammiger und erreicht mich bisher nur zum Teil.

Wenn der Weg der Einsamkeit erkannt oder nur erahnt wird, dann befindet man sich bereits auf ihm. Die größte Erkenntnis oder der größte Irrtum kann daran bemessen werden, wie viel man danach noch stehen lassen kann, in welchem Grade man zu implodieren scheint. Natürlich gibt es auch große Erkenntnisse, die hat man schon gehabt bevor man sie bekommen hat, dann gibt es zwei Möglichkeiten zur Selbstwahrnehmung.

140

Zum einen, man bekommt keine Erkenntnisse, zum zweiten, man braucht keine Erkenntnisse mehr. Inwieweit sich diese beiden Punkte überschneiden ist an anderer Stelle zu klären. Die Erkennung des einsamen Pfades ist, dies gilt allerdings nur auf Zeit, meistens eine große Erkenntnis, denn sie bringt in den meisten Fällen grobe Veränderung mit sich. Man begibt sich aus der Masse in eine andere Masse. In eine größere Masse in der Größe keine Rolle mehr spielt, in der die alte Masse nicht verloren geht. Sie geht nicht verloren. Das ist zu verinnerlichen. Wer das verinnerlicht hat muss lernen es auszustrahlen, um dem Weg einen guten Anfang zu geben, denn der Kleber der Liebe ist stark, oft nur in eine Richtung. Aber auch eine einzelne Richtung ist ein Anfang. Ein Anfang, in dem die Imagination von Trennungen noch immer Bestand hat.

Warum darf ich nicht alle lieben?

Ich verstehe die Antwort, doch ich traue ihr nicht. Ich traue ihr nicht, weil ich spüre, sie verstehen zu wollen. Ich will mich ausweinen, nach gefundener Stärke, bei jemandem, den ich liebe. Ich spüre das Verlangen nach diesem Schoß, diesem einen Halt. Aber ich weine wegen Erkenntnis. Eine Erkenntnis, die ich nicht missen möchte, aber eine, die mich viel Gutes missen lässt. Wie soll ich weitermachen? Es mag Glaube, Religion, praktizierte Philosophie oder Wahnsinn sein, aber es ist ruhig in sich, nicht Chaos. Es ist eine Erkenntnis von einer Harmonie. Einer großen

Harmonie, der einzigen Harmonie, der Harmonie selbst. Sie ist ruhig, friedlich und gut. Nur herrscht draußen vor der Tür Sturm, obwohl es keine Wände gibt.

Ich möchte von menschlichem Tun genauso ergriffen sein wie ein Baum, der in die Sonne blickt. Ich hoffe dabei, dass er kaum ergriffen ist.

Ich habe Angst davor, wieder vereinzelt zu lieben. Ich möchte gerne vereinzelnd lieben, aber irgendwas ist da, was mich nicht ganz abhält, aber immer mehr in die andere Richtung bringt, welche ja nur Liebe für alle ist. Aber ich selbst halte Liebe zu allen bei anderen auch noch nicht aus. Ich bin nicht so schnell. Es ist nicht so einfach, aber ich spüre, dass diese Richtung beim Guten ankommt.

Ich werde euch argumentativ unterlegen sein, wenn ich euch vom Guten zu überzeugen versuche.

Wer dies sprachlich in der Konversation probiert wird unterliegen, sonst hat er es nicht erkannt.

Du kommst in mein Zimmer und erwartest von mir, dass ich dir sofort antworten kann. Wie soll ich denn?

Realität ist etwas sehr Flaches. Jeder steckt seine Grenzen. Wäre schön, wenn so manche Realitäten an die Wirklichkeit angrenzen, denn viele haben sich mit ihrer Realität zufriedengegeben oder haben gemerkt, dass sie so besser fahren. Mir wird das ins Gesicht gesagt. Mir wird gesagt, dass man jetzt in der Welt des Begreifens leben will, ohne jemals etwas anderes auch nur kurz erfahren zu haben, weil man dann besser damit fährt. Wie kann sich aber diese Lebensform richtig anfühlen? Ich bin nun an einem Punkt, an dem ich entscheide. Es ist immer laut und hektisch. Es erscheint nicht immer so, aber im Inneren von Vielen ist das der Fall. Wir sitzen zusammen, reden über Sachen, die wir bestellen wollen. Die Einwände sind in Humor eingepackt. Es wird getrunken und danach am liebsten im Bademantel vor den Fernseher gesetzt. Bilder aufnehmen bis man schlafen geht. Es ist alles schnell. Es ist alles voll. Es fühlt sich nicht einmal falsch an, denn obwohl sich Freunde lange nicht gesehen haben, ist dieser Teil der Medien eine Gemeinsamkeit, die zusammenbringt. Wenn man in der Unterzahl ist, muss man sich zurückziehen. Eine kleine Gruppe, die die Gesellschaft wider-spiegelt. Das schlimme daran ist, dass man bei dieser kleinen Gruppe davon ausgeht, dass sie genau das nicht tut. Da liegt das Problem. Wir denken wir hinterfragen. Am gefährlichsten ist es, sich in seiner Hinterfragung sicher zu werden. Ich habe für mich gemerkt, dass ich Stille genieße, dass ich wahre Zugehörigkeit bei mir selbst finde. Zugehörigkeit zu mir und gleichzeitig zu allem. Vielleicht kommt jeder einmal an diesen Punkt, an dem gemerkt wird, dass an allen Ecken Unver-ständnis entgegentritt. Es ist schwer, jetzt weiter zu schreiben, ohne fehlinterpretiert zu werden. Mir ist gerade wichtig, dass Unverständnis von allen Ecken in unserer heutigen Gesellschaft ein gutes Zeichen ist. Allerdings gibt es auch Meinungen, bei denen Unverständnis hoffentlich die Wirkung von Eindämmung hat. Doch ich rede vom System, in dem wir denken, außerhalb jeden Systems agieren zu können, aber es funktioniert und greift hervorragend. Erkenner sind Spinner. Wie soll man das ändern, außer durch Schweigen? Das Schwere am Schweigen ist jedoch, beobachten zu müssen. Es kann einem Niemand widersprechen; es gibt noch mehr gute Aspekte, aber ob Schweigen einen Erkenner vor dem Spinner beschützt ist die Frage.

Einsamkeit beginnt da, wo die Liebe am größten ist.

Ich nehme mich den Gedanken an, um mich von ihnen zu entfernen.

Die geniale Verschachtelung innerhalb schlauer Sätze hat sich nicht durchgesetzt, um uns vom Lesen abzuhalten. Sitzt du heute auf einem Baum und schaust auf die Welt ist der Blick jenem gleichgestimmt, welcher sich nach der Lieblingssoap auf eine Seite Kant richtet.

Unser Problem mit Problemen liegt darin, dass wir die Lösung in einem Problem suchen.

Wenn ein Baum durch einen Zaun wächst zeigt ihr euer Unverständnis. Wenn ein Zaun durch Bäume wächst versteht ihr die Welt.

Die Liebe ist wie ein Griff an einer großen Kugel. Wir können ihn greifen, doch der Griff, den wir greifen, ist klein.

144

Um Unterschiede zu machen, brauchen wir ein System, um zu vergleichen. Die Notwendigkeit eines gemeinsamen Systems bringt wieder eine Gemeinsamkeit, die eine Verbindung zur Einheit darstellt.

Unterschiede sind möglich, Vielfalt ist möglich, aber nur in der Einheit.

Vielfalt ist nur in der Einheit möglich.

Es geht immer noch um Frieden. In der Vielfalt die Einheit zu fühlen ist das Ziel. Vielleicht brauchen wir die Vielfalt um zu leben. Sicher brauchen wir aber das Gefühl der Einheit, um zu überleben.

Unterhaltung:

Es gibt einen Unterschied zwischen Ausruhen und zur Ruhe kommen."

Ein guter Unterschied, auch wenn ich Unterschiede nicht mag."

Den Unterschied zwischen Jungen und Mädchen magst du aber schon?"

Ich hoffe irgendwann nicht mehr."

Die Bedeutung der Kunst habe ich am eigenen Tun erkannt. Am eigenen Werke habe ich die Besonderheit erblickt. So entsprang ein Gedicht meiner Überzeugung, welches meine Überzeugung bei Weitem überstieg. Es legte meine Überzeugung in ein weiches Bett, in das sich andere hinzulegen wollen. Ich selbst bin überrascht. Dankbar.

Ich habe Angst davor sicher zu glauben, etwas zu verändern. Der sichere letzte Felsvorsprung hat immer noch eine tiefe Schlucht neben sich. Sie ist tiefer als bis dahin gefallen wurde. Sie als solche zu erkennen ist der Aufprall auf dem Boden. Der sichere Glaube zu helfen ist den Opfern sicherer Tod. Aber niemand wagt sich in die Dunkelheit. Nur wenige wagen sich an ihren Beginn. Die Dunkelheit ist das Problem der Einheit. Sie ist genauso hell wie dunkel. Sie ist Alles wie Nichts. Kein Halt ist zu begreifen oder zu ergreifen. Das schreckt ab. Das schreckt den Verstand, so glaube ich, dass es den Verstand betrifft, ab. Mag ich von Verstand reden mag es sein, dass ich nicht weiß wovon ich spreche, denn Unterschiede und Definitionen sind nicht auf meinem Trainingsplan.

Unterhaltung:

„Du solltest mal hinterfragen was du redest!"

„Ich lese und zweifle über Lehren, die ich erfahren habe. Hinterfragst du?"

„Ich habe gelernt zu überleben."

Unser biologischer Organismus ist abhängig von Wasser. Das merken wir zumindest im Alltag. Wenn es kein Wasser ist, dann ist es eben Flüssigkeit. Aber warum?

Wasser ist im Prozess. Wasser ist ein Prozess. Es ist lebendig. Regen. Fluss. Meer. See.

Wer Regen auffängt hat keinen Regen in den Händen. Wer vom Meer trinkt hat nicht das Meer getrunken. Wir sind abhängig von diesem prozesshaften Wesen. Wir erkennen den fließenden Prozess in uns und sprengen die Grenzen. So wird

146

die Prozesshaftigkeit zu gegenseitigem Durchdringen, zur Auflösung der Grenzen, zur Beendung der Imagination. Wenn wir nicht trinken sterben wir. Dann endet unser Prozess. Das muss reichen. Das ist klar und deutlich genug.

Wenn Leute nach langen Schwierigkeiten zu ihren Gefühlen finden und sich trauen, diese nach außen hin zu leben und andere dies als „ausscheißen" bezeichnen, weiß ich nicht, wie man damit umgehen soll. Dieses Unverständnis hat mich an dieser Stelle einfach überrannt. Der Ausspruch ist ein Schlag. Ein Schlag, der nicht gut tut. Darauf kann man kaum angemessen reagieren, zumindest nur schwer. Ich verheddere mich. Unverständnis ist im Allgemeinen auch manchmal Blindheit. Wenn ich diesen Vergleich anbringe, dann bewirkt mein wachsendes Unverständnis Blindheit in meinem Verhaltensweg. Eine traurige Entwicklung, die der Welt anhaftet, besser gesagt die denen anhaftet, die die Welt verwalten, wer oder was auch immer das ist oder sind.

Alle Hilfe scheint unter dem Schirm des Systems zu laufen. Aktionen, Taten, Organisationen, die wirklich gut zu sein scheinen, bei denen Menschen direkt helfen, ihre Wunden aufschneiden, damit die Entzündung rausfließt, scheinen trotzdem unter der Sonne des Systems. Es ist ein großer Umbruch zu versuchen. Ich habe keine Ahnung wie, aber ich glaube, dass sich früher oder später ergeben wird, dass unser System nicht funktioniert und auch nicht schön ist.

Ich soll früher aufstehen um etwas zu tun. Mir wird gesagt, dass ich die Welt nicht besser mache, wenn ich bis mittags schlafe und danach höchstens ein bisschen schreibe.

Wir brauchen einfach Ruhe. Ich träume sehr viel und bekomme davon keine Ahnung, wie eine Welt aussehen könnte, die man vollkommen liebt. Man sieht nicht die ganze Welt, eine vollkommene Durchdringung von Allem ist auch dort nicht gegeben, aber ein Gefühl, welches man bei vollkommener Durchdringung erfahren könnte, ist am werden. Zumindest in den Träumen. Es ist wie ein flackender Regenbogenschimmer um dein Blickfeld gelegt. Dieser Schein lässt alles pulsieren.

Ich habe das Gefühl zu stehen oder rückwärts zu gehen, zumindest wieder dahin abzurutschen. Es ist grauenvoll. Alles ist wie ein empathisches Erziehungshandbuch. Auf alles muss man selber kommen, damit andere deine Tat als wertvoll und ernstgemeint ansehen. Diese Welt hat einen Virus in sich. Wir können ihn besiegen ohne zu kämpfen.

Immer wieder diese eine Person. Die Person strahlt Ruhe aus in dieser Welt. Sie strahlt Ruhe aus und von Weitem frage ich mich wo der Sinn steckt. Umso näher ich an die Person herantrete, umso stärker sehe ich den Wert. Ich sehe den Wert. Dabei meine ich nicht den Wert an sich zu sehen. Ich meine den Wert zu sehen, die

148

das Sein dieser Person in Bezug auf Andere für mich zu haben scheint. Es ist gewaltig und jeder Erfahrung und Aktion ist mir die Person einen Schritt voraus.

Vollkommener Wahnsinn, wenn ich mir vorstelle, dass diese Person eben noch von Abständen zwischen Holzbrettern in einer minimalen Kunstausstellung gesprochen hat. Das Reden wird dann aber vor mir so groß und bedeutend. Ich muss das erstmal auf mich wirken lassen. Ist von gestern. Ein Gespräch, welches mich nicht verstrahlen sollte, sondern in die andere Richtung geht, aber sich trotzdem gut dabei anfühlt.

Man kann weitergeben, was man selbst beherrscht, doch mit dem Glück scheint das nicht so zu sein.

Vollkommen glückliche Menschen mach mich traurig. Zumindest heute.

Ich frage nicht nach der Skepsis an der Magie. Ich frage nach der Skepsis an der magischen Welt. Worin liegt sie? Worin liegt die Skepsis an der magischen Welt? Was liegt ihr zugrunde?

Ich habe sehr viel Angst vor Konfrontation, vor Konfrontation mit Bekanntem. Ich fühle mich immer so frei, und dann geht es immer wieder schnell in den Käfig. Auf endloser Wanderschaft wäre das Sein ein schöneres, zumindest das meinige. So glaube ich. Wenn ich bleibe komme ich immer wieder in alte Muster, die es für mich sehr schwer machen, zu genießen. Ich kann eine fremde Bar besser genießen als eine bekannte.

Ich kann einen fremden Tanz besser tanzen als einen bekannten. Ich will mich nicht einmal an einem bekannten Tanz probieren. Ich will nicht durchs Leben tanzen und ich will nichts kennen lernen, hier in den alten Mustern. Alles Muster. Wenn dich keiner kennt fühlst du dich mehr verbunden. So habe ich immer ein paar Köpfe im Kopf, die mich hemmen. Ich weiß nicht woher diese Hemmung kommt. Nicht laut genug. Nicht lebendig genug. Zu viel Reflektion. Das ist krank. Du bist krank. Krank ist gut. Dann werde ich bald gesund. Malen, dichten, schreiben, tanzen, musizieren, kochen, medizinisch helfen sind die obersten Dinge in meinem Kopf. Aber wie kann das Sinn haben? Ich kann doch nicht nur Sachen wollen, die entfernt sind. Ich muss das Jetzt wollen, nur dann geht es weiter. Mir hat man mal gesagt, wenn jeder Moment schön ist, kann die Zukunft nicht schlecht sein. Ein Buch, ein Bild, ein Lied, ein Tanz und ein Rucksack zum Helfen. Das bekommt man doch hin. Das Schlimmste ist aber nicht das Leiden unter Minderwertigkeit, die man sich selbst zuschreibt. Das Schlimmste ist, dass dieses Gefühl überhaupt da ist und zu Leid führt. Froh sein über Geburt und Frieden bringen. Alles andere kommt danach. Wie man den Frieden bringt ist nicht von Bedeutung, wenn man ihn wirklich bringt, außerhalb des Systems. Ohne Fähigkeiten geliebt zu werden ist ein gutes Zeichen, wenn man davon ausgeht, dass der Zustand, keine Fähigkeiten zu besitzen, wirklich sein könnte. Man würde für sich selbst geliebt werden. Man selbst ist der Grund, weshalb eine andere Person die Gabe bekommt, zu lieben. Die Fähigkeiten dienen nur zur Beeindruckung. Beeindruckung, um entweder von sich abzulenken oder um sich zu offenbaren. Solange man etwas tut, um von sich abzulenken, sollte man es nicht tun, zumindest nicht zeigen. Ich werde den Weg immer wieder neu antreten und hoffen einmal an einen Ort zu kommen, an dem ich durch ein regenbogendurchleuchtendes Blickfeld die einfache Gutheit des Lebens entdecke. So stehe ich jetzt auf und gehe zu Tisch und werde bei all den Gedanken nicht vergessen, dass auch meine Wünsche innerhalb eines Egos, meinem Ego, entstehen, welches mir oft nicht gut tut und mich hemmt. Das ist etwas, dass ich spüre und mich immer wieder sehr weit zurück wirft. Guten Appetit!

Kann man Stufen und Phasen des Könnens überspringen? Man hat das Gefühl schon an der richtigen Stelle angekommen zu sein, aber es fehlt etwas. Es fehlt eine Vorgeschichte, es fehlt etwas, woran man anknüpfen kann. Eine Sache, die man vorher geschafft hat, die einen ausgemacht hat und aus der man schöpft, die einem Halt gibt. Kann man noch zurück, wenn man die Phase bereits verlassen hat, ohne auf ein abgeschlossenes Können zurück zu blicken?

Mir gibt das Alles nichts mehr. Es bringt mir nichts mehr, voll gesoffen im Bahnhof vor lauter

Musik zu sitzen und Smalltalk zu führen. Es gibt mir auch nichts mehr zugedröhnt verrückt zu spielen.

Ich möchte dieses Kunstszene-Dasein nicht mehr genießen. Es fühlt sich an, als würde man verblendet sein, in einer sehr hoch potenzierten Form, da man sich mit den Problemen der Welt intensiv beschäftigt, aber nach einem gelungenen Ausstellungsabend oder einer schönen Atelierstunde genügsam lachen kann. Man bestellt Bier und sieht die eigene Branche als Branche an, die es einem erlaubt, den Tag nicht klar werden zu lassen. Ob man klar werden kann ist eine andere Frage, aber sich verstrahlt fühlen zu wollen, damit es ins Bild passt, ist abartig. Das Kunstszene-Dasein überhaupt als Branche zu sehen ist abartig.

Ich aber habe auch das Bedürfnis ein Buch zu verfassen, um ein Buch von mir in der Hand zu halten. Dabei geht es nicht um das hier Geschriebene. Der Inhalt des anderen Buches, welches noch nicht existiert, würde mich für mein Verlangen, es fertig in der Hand zu halten, verurteilen. Ich wäre nicht einmal würdig es zu schreiben. Mein eigenes Buch.

Ich lese Zeilen von mir, die ich an anderer Stelle verfasst habe und sehe, dass ich nach einigen Seiten abgebrochen habe und ich erkenne auch, wie sich der Abbruch anbahnt. Dennoch finde ich in einen Lesefluss und ziehe aus meiner eigenen Schrift Lehren, als würde ich jemand anderen esen. Es waren andere Theorien damals, die für mich von Bedeutung waren. Soweit war ich allerdings nicht gekommen und so ist der Anfang ein Anfang, wie ich ihn heute, nach langer Zeit und, viel wichtiger, nach vielen Wandlungen, wieder verfassen würde. Ich kann nicht sagen, wie sich das anfühlt.

Es bahnt sich an, etwas zu verfassen. Etwas, das sich langsam aufbaut, worin ich eigentlich nicht gut bin. Deswegen fallen mir Bilder auch so schwer. Geduld ist eine Gunst, die nicht jedem einfach fällt. Aber sie kann jedem einfach fallen, irgendwann. Jetzt habe ich einen Vortrag gehalten, einen langen über das, was ich vortragen möchte. Jetzt habe ich das Gefühl, nichts mehr machen zu können. Ich sitze stumm auf meinem Stuhl. Ich bin abgestumpft für jegliche Erweckung des Antriebs. Ich würde gerne. In diesen Zeilen verfangen sich viele Gedanken, die mich zu dem Ende meines Denkens führen können, und somit zur Einheit. Eine kleine Mutmaßung an dieser Stelle. Für mich ist es aber keine Mutmaßung mehr. Einheit ist gut. Vielfalt innerhalb der Einheit auch, wenn jeder von der Einheit weiß, beziehungsweise jeder sie fühlt.

Gedanken im Geist durch Bewusstsein.

Gefühle um Geist durch Energien.

Geist in der Seele.

Seele gleich Einheit.

Es ist ein geduldiger Weg.

Ich hoffe, dass viele ihn gehen werden. Ich

glaube, dass ihn irgendwann jeder gegangen sein wird.

Dafür danke ich dem Universum. (Aber warum musstest du es so kompliziert machen?)

Einheit ist der Vielfalt ein negatives Gegenüber. Diese Negativität zieht die Gedanken der Vielfalt an sich. Magnetisch verbunden entsteht die Vielfalt in der Einheit.

Wie soll ich jemandem weitergeben, was ich gerade erfahre oder erkennen, dass es Vergleichbares gibt? Ich habe vor langer Zeit begonnen zu Paper zu bringen, was durch mich durchfließt und mich davor geschützt, das Geschriebene zu lesen. Damals wollte ich die Reise nicht verfälschen und heute lese ich von Theorien von der Entstehung letzter Gedanken durch Gedanken.

Ein Mann mit Muskeln kann die Schwerkraft nicht besiegen. Einer mit Dreads schon. Ein Akt der Dummheit gegenüber der Seele befindet sich im Bereich der Klugheit des Geistes. Es ist aber so, dass nur die Wirkung des Geistes gesehen werden kann. In den Kreisen der Kreativen und der Kunst werde ich depressiv, wie man doch merkt, wie sie ein Geschenk vom Ganzen nur im Einzelnen sehen. In den Kreisen des Restes, dessen Unterschied zum Vorgegangenen jeder durch seine eigene Auslegung bestimmt, werde ich depressiv, weil sich unübertreffliche Dummheit bildet, die sich in jedem Einzelnen zu bündeln scheint. Dieser Gedanke ist noch nicht ganz ausgereift. In der Welt werde ich depressiv, weil es

überhaupt eine gibt. Mein Dilemma: Die wenige Hoffnung finde ich auch nur vereinzelt.
Stillleben haben schon immer auf Vergänglichkeit hingewiesen. Ich habe das Wort auswendig gelernt. Ich habe mich nie mit dem Wort auseinandergesetzt. Es an mich herangebracht hat es das System. Es von mir weggebracht hat es das System. Jetzt in Eigenständigkeit fällt es mir wie Schuppen von den Augen. Den Ausdruck finde ich sehr eklig.

2015

2018